THE SPIRAL

环界 2

螺旋 THE SPIRAL

〔日〕铃木光司 著　许木兰 译

南海出版公司

新经典文化股份有限公司
www.readinglife.com
出　品

目录

THE SPIRAL

安藤满男梦见自己沉入深不见底的海中。突然间，一阵电话铃声响起，他随即惊醒过来，拿起话筒。

“喂……”

话筒的另一端没有发出任何声响。

“喂、喂……”安藤加重语气催促对方回答，过了一会儿，终于听到另一端传来一个既冷漠又低沉的女人的声音。

“拿到了没有？”

安藤觉得自己仿佛被推入海底深渊一般。他回想起刚才梦到的情景：不小心被海浪卷走，一时间失去方向感，掉入海底深处，任由波浪翻弄。如同往常一样，他感觉一只小手在胫骨附近抚摸。每次安藤梦到海洋，一定会感觉一只小手在脚底抚触，然后那长得像海葵的五根手指便消失在了海底。他总是焦急地伸手捞寻，却只捞到几根柔细的头发，而那具小小的身体一直往海底深处沉落……

话筒另一端的女人声音宛若梦中出现的柔细毛发，令人有些厌恶。

“啊……收到了。”安藤不耐烦地回答。他早在两三天前就收到妻子签好名字、盖上印章的离婚协议书，一旦他签上名字，盖好章，它将立即生效。不过，他还没有这么做。

“然后……”妻子有些倦怠地催促着，她希望能早点将七年的婚姻生活画上休止符。

“怎么样？”

“你签好名，盖上印章，再寄给我。”

安藤无言地摇摇头。他曾好几次向妻子表明要重新开始，但妻子都提出了反对的理由，去意甚坚。久而久之，安藤也厌倦了这样抛开自尊去恳求她的行为。

“我知道，照你说的做就是了。”安藤十分爽快地答应了。妻子一听，不禁沉默了一下，然后嘶哑地问道：“你到底要怎样？”

“怎样？我说要怎样了吗？”安藤摸不着头脑，反问道。

“就是你对我做的事呀！”

安藤紧握着手中的话筒，无奈地闭上双眼：即使要离婚了，她还是每天早上打电话来，因为同一件事情责怪他。

“我觉得很抱歉……”安藤嘴巴这么说，心里可不这么想，他只是应付一下妻子。

“是他长得不可爱吗？”

“你在胡说些什么！”

“可是……”

“不要问这些我听不懂的问题。”

“那你为什么做出那种事情？”妻子声泪俱下地控诉着，仿佛即将陷入疯狂。安藤很想立刻挂上电话，让她不要再打来了，但基于补偿的心理，他决定静静地忍受妻子的责骂，任由她发泄怒气。

“你至少也说些什么嘛。”

“说什么？这一年又三个月，我们每天不停地谈论那件事，已经没什么可说的了。”

“把孩子还给我！”妻子只顾着悲伤地喊叫，根本不去正视孰是孰非。安藤也很希望上天能把儿子还给他们，但他知道祈求上苍也无法挽回儿子的生命。为了让妻子的心情平静下来，他极力好言相劝：“那是不可能的。”

“如果可以还给我……”

安藤见妻子被过去的不幸束缚，无法迎接新生活，不由得非常痛心。失去的东西不可能再回来，只能尽力劝妻子好好经营两人的关系，计划未来的新生活。安藤不想因为这种事情离婚，只要能恢复往日的关系，不管什么事他都愿意去做。然而妻子只是一味地把责任往他身上推，让他不知该如何面对未来。

“还给我……”

“你到底怎样才肯罢休？”

“你应该很清楚自己的所作所为。”

安藤发出一声沉重的叹息。妻子经常自言自语地重复这类话语，很明显，她已经患有精神方面的疾病。安藤曾经给她介绍过一位当精神科医生的朋友，但这是多余的，因为她的父亲就是医院院长。

“我要挂电话了。”

“你一直都在逃避。”

“我只希望赶快把这一切忘掉，重新再来。”安藤知道对妻子说这些也无济于事，但他想不出还能说些什么，正要挂断之际，话筒那端又传来妻子的吼叫声：“把孝则还给我……”

挂断电话，妻子悲痛的声音依然在房间里萦绕不去。安藤不禁喃喃念道：“孝则、孝则……”他痛苦地躺在床上，双手抱住头，蜷缩起来。过了好一阵子，他看看时钟，知道上班时间快到了，不能再这样下去。

为了不让电话再打进来，安藤干脆把电话线拔下来，然后打开窗户让清新的空气流入室内。窗外传来停在电线杆上的乌鸦的叫声，许久未接触大自然的安藤十分惊讶。在梦见漆黑的海底，又听到妻子的吼叫声之后，能听到如此清脆的鸟鸣，他不禁感到舒畅许多。

星期六这一天，在秋日晴朗的天气里揭开序幕，尽管天气如此舒适，安藤的内心深处却涌起一股悲伤，他不停地眨着布满血丝的眼睛，拿起卫生纸擤了擤鼻子，再次倒回床上，不料先前强忍住的泪水竟夺眶而出。他一开始无声地掉眼泪，后来变成哽咽，又变成啜泣，然后一把抱住枕头，不断地呼唤着儿子的名字。这种悲伤并不是每天都有，纯粹是突如其来，有感而发。最近这两周，他都没有为死去的儿子流过眼泪。但突如其来的悲伤却一点也没有减少，这种情形或许会持续好几年吧。

安藤心中顿时萌生出一股绝望的念头，他从夹在书本中间的信封里拿出儿子溺水后留下的几根头发。那天在海中寻找儿子时，他戴在无名指上的结婚戒指不小心拽下了几根儿子的头发。儿子的遗体没有浮上来，因此不能火葬，对安藤来说，这些毛发就等于儿子的尸骨。他将毛发贴在脸颊上，回忆着与儿子肌肤接触的感觉，一闭上眼睛，儿子的脸庞便浮现在脑海中。

刷过牙，安藤裸露着上半身站在镜子前面，他托起下巴，轻轻地左右转动着舌尖触碰牙齿，感觉还有少许齿垢残留在牙齿上，下巴和脖子附近也有胡楂。他拿起剃刀在脖子上刮下几根胡子。一抬起下巴，从镜中看到了那苍白的喉咙。

安藤再次拿起剃刀，将刀锋对着喉咙，从脖子往胸部和腹部滑下去，一直到肚脐附近才停止，肌肤的表面浮出一条白线。此时，安藤将剃刀当作手术刀，想象正在解剖自己的肉体。他常常解剖尸体，很清楚胸腔内部的构造，里面有一颗拳头大小的心脏，在两片粉红色的肺的伴随下不停地跳动，一集中意识，就可以听见胸腔里传出一种执拗的跳动声。

不知道那份悲伤附在体内哪个地方，如果它附在心脏上，我就用这只手将那无尽的悔恨给挖出来！手心不停地冒出汗水，剃刀变得有些滑溜。安藤将剃刀放在洗脸台的架子上，扭过脸，忽然看到喉咙右边有一道血痕，一定是刚才刮胡子的时候不小心割到皮肤了。刀片割到皮肤的那一瞬间，理应有疼痛的感觉，然而他只看到了皮肤上的伤痕，却没有疼痛。

安藤觉得自己最近对疼痛的感觉有些麻痹。起初有好几次，他一看到血就以为自己受伤了，但久而久之就不觉得有什么稀奇了。他一边用毛巾按着脖子，一边拿起手表。已经八点半，该去上班了。

安藤现在只能将全部精神寄托在工作上，唯有埋首工作，他才能暂时从记忆中逃脱。他身兼 K 大学医学院讲师和东京监察医务院法医。只有在解剖遗体的时候，他才能暂时忘却丧子之痛。

他走出玄关，在经过大楼的大厅时习惯性地看了看手表，比平常晚了五分钟。于是，他急急忙忙地赶往车站。

从安藤住的公寓到学校途中，会经过三个邮筒，他决定将离婚协议书投进第一个邮筒里。

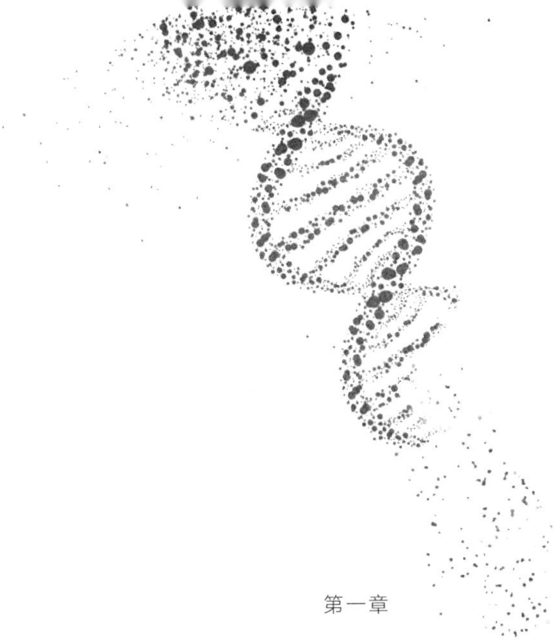

第一章

CHAPTER 01

解剖

1

今天轮到安藤解剖尸体，他正在监察医务院的办公室里翻阅待会儿要解剖的死者的资料。十月中旬不是容易出汗的季节，但是安藤的手一直在出汗，一天要洗好几次手。他在比较现场状况的照片时，手心仍不停地出汗，去洗手间洗了好几次。

安藤将附在尸体检验调查书中的几张拍立得照片放在桌上，仔细看其中一张。一个体格魁伟的男子头靠在床边，看不出有其他外伤；第二张照片中，此人头部向上，没有瘀血，脖子也没有被捆绑的痕迹。接下来的照片中，也找不到可以确定死因的伤痕。安藤心想，死因或许和犯罪无关，此人应该死于非命或猝死……但是在法律上，不可能将死因不明的尸体送去火葬。照片中，尸体的双手和双脚呈大字形张开，安藤对死者非常熟悉，他怎么也想不到自己会亲手解剖大学同学的遗体，况且对方在十二个小时前还是活生生的。

高山龙司和安藤一起度过六年的医学院时光，当时，毕业生几乎都将目标放在临床医学上，安藤却选择法医学，因此被同学称为“怪物”。然而，高山龙司作风更奇怪，完全脱离了医学课程。龙司以十分优异的成绩毕业，又去念文学院的哲学系。他死亡时的头衔是文学院哲学系的讲师，专攻逻辑学。虽然和安藤隶属不同的学部，但两人都获得了讲师的职位。高山龙司才三十二岁，比重考两次的安藤满男小两岁。

安藤注视着写着死亡时刻的记事栏，上面记载的时间是昨晚 9:49。

“死亡时间还真精确。”安藤边说，边抬头看着担任解剖见证人的高个子警官。龙司应该是一个人住在东中野的公寓，单身男子被发现猝死在自己的房子里，而死亡时间竟然如此准确……

“是偶然发现的。”

高个子警官若无其事地回答着，在旁边的椅子上坐下来。

“哦？什么样的偶然？”安藤问道。

高个子警官转向另一位见证人——年轻检察官，询问道：“高野舞小姐来了吧？”

“嗯，刚才在家属等候室那边看到了她。”

“可以叫她过来吗？”

“好的。”检察官走出办公室。高个子警官向安藤解释：“高野舞小姐并不是死者的家属，是她第一个发现死者尸体的，所以我们请她过来做见证。此外，她是仰慕高山讲师的女大学生，好像也是他的女朋友。如果您看过调查书之后还有疑问，随时可以提出来。”

通常在行政解剖完成后，警方就会将遗体交给死者家属，高山龙司的母亲、兄嫂，以及发现死者的高野舞都在等候室等待。高野舞在年轻检察官的带领下进入办公室，确认她的身份以后，安藤马上站起来说：“要麻烦你一下。”

高野舞今天穿着一件朴素的深橘色连衣裙，拿着一条白手帕，衬托出白皙的皮肤。她身上散发出来的女性特质非常引人注目，标致的鹅蛋脸、纤细的四肢、完美的五官、身体的曲线，每一部分都无懈可击。安藤仿佛看到她皮肤下器官的色泽和完整的骨骼，心头忽然涌起一股想伸手触摸的欲望。

高个子警官为他们介绍之后，高野舞在安藤的引导下坐在椅子上，将手放在一旁的桌上。她一脸灰白，似乎有点贫血，安藤问道：“你还好吧？”

“没、没事。”高野舞将手帕压在额头上，往床铺那边瞄了一眼，低下头拿起警官为她倒的水。情绪比较稳定之后，她才抬起头来，以虚弱到几乎听不到的细微声音说：“对不起，请……”

安藤马上会意过来。他猜想高野舞可能刚好碰上经期，过度劳累才会产生严重的贫血，为了让她自在一些，便主动对她提起：“其实这位死者高山龙司，是我学生时代的朋友。”

闻言，高野舞原本下垂的眼睛突然往上一看。“老师和安藤先生是同学吗？”

“嗯，是的。”

高野舞备感亲切地眯起双眼，露出一副碰到老朋友的表情，又低下头来。“敬请指教。”

安藤从高野舞表情的变化，猜出她心中的期盼：如果这个人是老师的朋友，应该不会随便处理遗体……事实上，不管解剖台上的尸体是不是安藤的朋友，他手中的手术刀都同样利落。

这时，高个子警官插嘴说道："高野小姐，可以将发现死者的情况再对医生说明一下吗？"

高野舞用低沉的音调向安藤述说事情经过，内容和昨晚她向警察说的一样。"昨晚我洗完澡、把头发吹干的时候，电话突然响了起来，当时我看了一眼时钟……这是我的习惯，可以从当时的时间猜到这通电话是谁打来的。

"以往都是我打电话给高山老师，老师很少打过来给我，而且大都不超过九点。因此，刚开始我没想到是老师。拿起电话应了一声，马上听到对方发出一阵悲鸣。我本来以为是恶作剧，吓了一跳，把电话拿开了，但悲鸣突然变成呻吟，最后就没有声音了。

"我害怕得再次拿起话筒，想知道究竟发生了什么。突然间，我的脑海中浮现出高山老师的脸，意识到话筒那端的悲鸣很像高山老师的声音……我马上拨电话给高山老师，但是一直占线。我这才确信，刚才打电话的一定是高山老师，他可能发生意外了。"

"龙司在电话中没有说话吗？"

高野舞默默地摇摇头。"嗯……没有说半句话，我只听到悲鸣声。"

安藤拿着一张纸记录着，又催促道："然后呢？"

"我花了一个钟头转乘电车到达老师的公寓，走进公寓，先到了厨房，然后看到十二平方米左右的房间里……"

“房间的钥匙呢？”

“老师配了一副钥匙放在我这里。”高野舞有些害羞地说道。

“房间是从里面反锁的吗？”

“嗯，房间是锁着的。”

安藤继续问道：“你进了房子，然后……”

“我看到老师头倒在床铺边缘，以仰睡的姿势张开双手双脚……”高野舞停顿下来，摇了摇头，试着回想当时的情景。其实安藤手里那几张照片拍摄的内容，正是她描述的境况。他把那些照片当成扇子，轻轻地扇着出汗的脸庞。

“房间里的摆设有没有什么不一样的地方？”

“这倒是没有，但是话筒没有放回原位，嘟嘟声一直响着。”

安藤将高山龙司的检验报告书和高野舞所说的互相比较、参考，重新整理当时的情况：龙司一定知道自己的身体发生了异常的变化，因此才打电话向高野舞求救。可是，他为什么不拨急救电话呢？如果只是觉得胸部疼痛，应该有充分的时间打电话叫救护车。

“是谁打电话给急救中心的？”

“是我打的。”

“从哪里打的？”

“从高山老师的房间。”

“之前，龙司没有打电话给急救中心吧？”安藤朝警官使一下眼色，警官轻轻地点头。安藤突然觉得，高山龙司可能因为恋人过于冷漠，决定自杀，他喝下毒药之后，马上打电话给恋人，想借此折磨她，于是在临终前留下痛苦的悲鸣声。不过看过报告书后，他得知现场并未找到装毒药的容器，也没有证据证明高野舞与龙司之间的关系，因此龙司自杀的可能性很低。更何况不是很了解男女之事的人，也能一眼就从高野舞的表情中看出她很尊敬龙司，她那湿润的双眸中只有无尽的哀伤，不可能让所爱的人走上自杀一途。

每天早上，安藤已经习惯了看到镜中那个悲伤的自己，他知道心里的悲伤是无法伪装出来的。再者，一个负心女子根本没有胆量到监察医务院来领取解剖后的遗体，而且高山龙司那种有胆量的男人不会因为被女朋友抛弃就想自杀。会不会是头部或心脏的原因？会不会发生急性心肌功能不全，或是内出血的情况？

这时，担任解剖助手的临床检查技师走进办公室，低声说道：“老师，一切都准备好了。”安藤一听，站起来说：“我过去一下。”

等解剖完毕，所有事情就会水落石出。以安藤多年累积的经验，他不至于查不出高山龙司真正的死因。

2

秋日和煦的阳光从窗户照进来，却依然驱不散走廊上黑暗而潮湿的气氛。安藤走在走廊上，脚下的橡胶长靴发出吱吱的声响，身边跟着临床检查技师和两位刑警。助手、记录员、摄影师都先到解剖室做好准备工作了。

一打开门，安藤立刻听到水管的流水声，助手站在解剖台的水槽旁边。这个水槽是用来洗涤工具的，水龙头比一般的尺寸大，流出来的水流很猛，而且是白色的。这间二十平方米左右的密室地面有点积水，因此包括见证人在内，解剖室内的八个人都穿着长筒靴。通常在解剖尸体的时候，水龙头是不会关的。

高山龙司全身赤裸地躺在解剖台上，他的身高大约一百六十厘米左右，肚子周围堆满脂肪，肩部到胸部之间肌肉发达，宛若山丘一般隆起。

安藤慢慢举起高山龙司的右手，感觉不到任何力量，证明他已经没有生命迹象。没想到这只强有力的手腕此时竟像婴儿的手一样让人随意拨弄。在大学时代的腕力比赛上，没有人是高山龙司的对手，同学们刚将手放在桌上，马上就会被他扳倒。

安藤往下腹部看去，只见高山龙司的性器官在茂密的阴毛中缩成一团，龟头几乎被包皮覆盖住，脆弱的模样与壮硕的肉体形成强烈的对比。安藤心中顿时兴起奇妙而幼稚的想法：说不定龙司和高野舞并没有男女关系。

他拿起手术刀，从尸体下巴的下方插进去，然后直直地切下，一直到下腹部才收住。距离高山龙司的死亡时间已有十二个钟头，尸体内部已经完全没有体温。安藤用器具把肋骨折断，一根根拿开，然后取出两边的肺脏，交给一旁的助手。高山龙司的肺脏呈现非常漂亮的粉红色。他在学生时代就是个顽固的禁烟主义者，进入社会之后，大概也继续坚持了这个原则。助手迅速口述肺脏的重量和大小，记录官则谨慎地记录，拍下照片。

高山龙司的心脏上覆盖了一层薄膜，由于光线的反射，呈现出黄色和白色，重量有三百一十二克，比一般人的大一些。心脏的重量通常是人体重量的百分之零点三六左右。从外表看来，这颗在十二个钟头前还在跳动的心脏有很多部分已经坏死。左侧脂肪膜上的动脉由于血栓等原因，导致血液无法流到前面，心脏遂停止跳动，这是典型的心肌梗塞症状。从坏死的情况判断，安藤推测死因是血管阻塞，尤其是在左冠状动脉分支的正前方引起阻塞，致死率非常高。至于究竟是什么原因引起血管阻塞，必须等到明天检查工作告一段落才能确定。

安藤非常有自信地向助手说明死因——“左冠状动脉阻塞引起心肌梗塞”。接着，他取下肝脏，检查肾脏、脾脏和肠子等器官是否有异常，也检查了胃里面，但是没有特别的发现。正当他要切开头盖骨的时候，助手突然叫道：“老师，等一下，你看看喉咙的地方……”并用手指指着龙司被切开的喉咙。

安藤发现龙司咽喉部位的黏膜已经溃疡，但范围不是很大，如果助手没有提醒，他也不会注意到。这应该和死因无关吧？先做个切片检查，结果出来就知道了。

紧接着，安藤在高山龙司的头部划下一刀，从后脑往额头把头皮剥开来，只见眼睛和嘴巴的部位覆盖着一些粗硬的毛，头皮里面则露出一层白色的东西。安藤拿开头盖骨，将整个白色的脑子取出来，上面布满无数褶皱。

当年高山龙司也是医学院的优秀学生之一，他不但会说英语、德语、法语，还可以从刚发表的论文中提出很多艰深的问题，有时连老师都畏惧他。但是，高山龙司愈往医学的深处钻研，反而愈将重心转移到纯粹的数学领域上。那时他们班上很流行暗号游戏，每个人依照号码出题目，谁最早解出答案谁就赢，通常是高山龙司获胜。

安藤总是故意出一些困难的暗号题目，但很快就被龙司解开了。每次安藤都觉得像被人家知道自己的心事一般，不禁有些胆寒。但其他学生都无法解答高山龙司的题目，安藤也只有一次成功，不过是瞎猫碰到死耗子，并不是逻辑思考的结果。当时，他苦思不得其解，偶然看到窗外的看板，从上面的电话号码得到灵感，联想到了关键词。当时，安藤对高山龙司近乎嫉妒，他经常感到自己受到龙司的支配，备感压迫，几次暗号竞赛让他丧失了自信心。

如今，安藤凝视着高山龙司这个超乎常人的大脑，它在外观上和普通人的没有多大的差别，只是比平均值重一点。纵裂的沟痕很深，好像山峰一般，前头高高地耸立着。龙司到底是如何运作这个脑子来思考的呢？他对纯数学有浓厚的兴趣，如果能再活十年，绝对会在这个领域大展身手。安藤对龙司这项才能既向往又嫉妒。

安藤确定脑部没有异常，便将头盖骨放回原来的位置。从他拿起手术刀，已经过了五十分钟，而一般解剖工作会在一个小时左右完成。

大致检查完毕，安藤顿时心念一转，将手伸进龙司已被掏空的下腹部内侧，用手指探一探，接着取出两颗像鹌鹑蛋大小的小球。这两个睾丸呈灰色，滑溜溜地滚动着。安藤不禁在心底问道：没有留下子孙就死去的龙司，和失去三岁零四个月的儿子的我，究竟谁更悲哀？

没有犹豫，安藤立刻在心中回答：“我更悲哀！”至少龙司是在不知不觉间去世的，没有实质的悲伤。悲伤这种情绪会造成强烈的痛楚，仿佛拿着刀子在心口划下千万道伤痕，而这种痛楚并不存在于龙司的人生中。拥有小孩是一种难以形容的喜悦，而失去这份喜悦的悲伤却是好几百年也无法磨灭的……安藤看着这两个没有达成任务的睾丸，心中不停地涌现复杂的思绪。

接下来便是将尸体缝合。安藤先将旧报纸搓成圆形，塞在龙司已被掏空的胸部和腹部，使它们具有充实感，然后开始缝合。等到头部也缝合了，安藤再将龙司的遗体清洗干净，为他穿上浴衣。龙司的内脏都被取出来，整个躯体看起来比解剖之前瘦了。

龙司，你瘦下来了。为什么我从刚才开始，就不断地在心中对着尸体说话？平常不会有这种情形啊……是遗体散发出一股让人想要诉说的气氛，还是和龙司从学生时代就认识的缘故？

安藤准备将遗体入殓，旁边两位助手帮忙抬起尸体，这时他忽然感到心中好像传出龙司的声音，而且肚脐那儿传来奇妙的瘙痒，用手抓也无法止住。于是安藤走到棺木旁边，伸手去抚摸龙司的胸部和腹部，结果在他的腹部附近摸到一个小而坚硬的突起物。他轻轻地掀开浴衣，仔细地查看一下，发现在龙司肚脐上方皮肤的接缝中，居然有一点报纸角露在外面。

安藤在缝合尸体的时候非常谨慎，报纸角会露出来，是由于搬动遗体时，报纸伸展开来了。报纸沾染上薄薄的血迹和脂肪，安藤将那层白色脂肪薄膜擦去，只见上面出现几个小小的印刷数字。他凑过去，仔细看着报纸上分成两行的六个数字。

178

136

这是股票版面上的数字吗？还是联络处刚好排成两行的电话号码？抑或电视节目编码？不管是哪个新闻版面上，要找出六个并排数字的几率并不是那么高。安藤一时间想不出数字中的关联性，只能暂时将它们记在脑子里。他用戴着橡皮手套的指尖将露出来的报纸塞回龙司肚子里，砰砰地打了几下，确认肚皮表面没有鼓起来，再将浴衣拉拢。之后，他不放心地再次抚摸龙司浑圆的腹部，确定上面没有东西，才一步步地往后退去。

突然间，他感到有股恶寒从背脊蹿升上来，身体莫名地震动了一下。他诧异地想拿下橡皮手套，举起手腕之际，手背却碰到解剖台上龙司的胳膊肘，瞬间感到汗毛直竖。他顺手拿来一张脚凳垫在脚下，好奇地注视着龙司的脸。龙司紧紧闭着双眼，睫毛好像要张开一般眨动。旁边水龙头滚滚流下的水声非常吵，解剖室里的每个人都在忙碌，只有安藤感觉到这不同寻常的气氛。

这家伙真的死了吗？安藤一边质疑，一边意识到自己问了一个非常愚蠢的问题。他怔怔地看着龙司，报纸团似乎正在里面移动，龙司的腹部轻微地上下颤动着。

为什么其他助手和警官都没有注意到这种情况？安藤觉得非常不可思议。紧接着，他感觉到一阵尿意，同时好像听到龙司腹中的报纸传来摩擦的沙沙响。然而他膀胱内的尿意几乎不能忍耐了。

3

解剖结束后，安藤往大冢的国铁车站方向走去，打算去吃午餐。他好几次停下脚步回头张望，隐约有些不安。他解剖过将近一千具尸体，为什么只有今天不安呢？他一向对解剖工作持谨慎庄重的态度，这样从尸体腹部的缝合处露出报纸的情形从不曾发生。可能是因为那点细微的疏忽，才会引起这种不安吧，还是……

安藤来到经常光顾的中华料理餐厅，叫了一份今日特餐。现在是十二点过五分，可是店里的客人比平常少很多，只有柜台旁边那张桌子坐着一位正在吃面的中年男人，戴着皮制登山帽，偶尔将视线投向安藤，令他很不舒服：对方为什么不把帽子摘下来，还一直盯着我这边看？安藤此刻对这类细微的事情非常敏感，很想探究其中的意义。

从龙司肚子里跑出来的六个数字浮现在脑中，他怎么甩都甩不开，始终在眼前一闪一闪地浮现。有可能是电话号码吗？

这时，安藤注意到戴登山帽的男人背后放着一台粉红色电话机，他不禁想拨一下这个号码看看。东京市内的电话号码并不是六个数字，不过如果话筒的另一端有人回答……

“安藤吗？刚才你把我弄得疼死了，还把睾丸摘下来……”他的大脑中响起龙司质问的声音。

“让您久等了。”服务生用平淡的语气说着，将附汤的中华盖饭套餐放在桌上。配料中有两个鹌鹑蛋藏在青菜下面，刚好与龙司的睾丸大小相同。安藤猛吞了一口口水，将桌上已经凉下来的水一口气喝完。

安藤不是那种否定超自然现象的科学家，却也觉得自己执着于那六个数字很愚蠢。他不受控制地挂念着“178、136”这几个数字，努力地思考龙司这个暗号狂到底想传达什么样的讯息。

安藤一面喝汤，一面将餐巾摊在桌子上，拿起插在胸前的圆珠笔将数字写下来。假设以A为0、B为1、C为2、D为3、E为4、F为5……Z为25来对应，用26个英文字母与0到25的数字互相替换，这是换字式暗号的基础，是最简单的暗号。安藤先试着将“1、7、8、1、3、6”这6个数字分解，分别以英文字母去替换，可变换出：

B　H　I　B　D　G

连续念的话，则是“BHIBDG”。即使不查字典，安藤也知道这个单词不存在。

接下来的方法是将一位数和二位数的数字分开来思考。即将这6个数字进行排列组合，取一位数与不超过26的二位数，分别与26个英文字母对应，再看对应结果。安藤将过程写在纸上。

17	8	1	3	6
R	I	B	D	G

1	7	8	13	6
B	H	I	N	G

17	8	13	6
R	I	N	G

这里面，具有意义的单词只有一个，那就是“RING”。安藤在口中喃喃念着这个词。“RING”除了有“铃”的名词意义之外，还包含鸣、响、通知等动词意义在内。从龙司腹中露出一截报纸，将其中的数字列替换成英文字母后，形成“RING”这个单词，这是偶然吗？

此时，不知从何处传来警报声。安藤想起小时候在乡下听过的火警警报。那天晚上，父母由于加班尚未回家，只有祖母和他待在家里。凄厉的警报声打破夜晚的寂静，安藤连忙塞住耳朵，缩在祖母的膝盖旁颤抖。当时他并不知道那是火警的警铃声，只是从那阵声音中嗅到不寻常的气息，收到不幸的预告。而就在一年后，父亲意外身亡了。

安藤食欲尽失，胃部涌起一股想呕吐的不适感，他将中华盖饭推开，向服务生要了一杯水。

一个小时前，龙司的遗体被放进棺木里，由警方交给家属。高野舞见到龙司的遗体，马上趋前恭敬地行了一个礼。今晚是守灵之夜，明天就是火葬的日子。安藤想亲眼确认龙司的肉体变成灰烬的情形，他隐隐觉得龙司好像还活着……龙司，你是不是要传达什么讯息给我？

4

安藤在K大学本部听完一场由法学院主办的演讲，低头看了一眼手表，然后朝着与高野舞约定的图书馆走去。

昨天高野舞打电话到监察医务院，刚好碰到安藤值班，他一听到电话中的声音，脑海中马上浮现出一张秀丽的脸孔。安藤偶尔也会接到死者家属的电话，他们几乎都是打来询问死亡原因的。但是，高野舞打电话来却别有目的。她在解剖结束当天晚上，偷偷地从守灵仪式上溜到高山龙司的住处，帮他整理未发表的论文，却从中联想到一些或许和龙司死因有关的线索。

安藤想得到宝贵的信息，也想再见到高野舞美丽清纯的容貌，于是告诉她明天下午要参加大学本部的演讲，之后有充分的时间和她详谈。高野舞指定了见面地点——图书馆前面，樱树下的长板凳。安藤在这个校区实习两年，从来没有和朋友约在那儿见面，倒是和曾在文学部就读的妻子常约在银杏树下见。

他远远地看到高野舞坐在长板凳上，或许是她穿着素色衣服的关系，看起来比十天前更年轻。她听到一阵脚步声，便抬起头。

“高野舞……小姐。”安藤叫道。

“啊，那天辛苦你了。”对于解剖恋人的法医，要以什么方式打招呼呢？高野舞想不出其他词句来。

“我可以坐下来吗？”安藤没有等高野舞回答，便直接走到长板凳那儿，坐在她的身旁，把脚交叠在一起。

“检查结果出来了吗？”高野舞用平淡的语气询问。安藤看一下腕表才说：“你有时间吗？如果可以，我们到哪里去喝点东西，我有些事想问你。”

高野舞无言地站起来，顺手拉了一下裙摆。

高野舞和安藤走进一家咖啡店。这里是学生们经常光顾的地方，不过这个时间客人不多，并不嘈杂。他们选择可以看到通道的靠窗位置坐下，女服务生立即送来茶水和纸巾。

“水果圣代。”高野舞马上点了餐点，安藤有些惊讶，但也跟着点了一杯咖啡。

“我喜欢。”女服务生离开后，高野舞才意识到水果圣代有些孩子气，于是耸耸肩说道。

他们点的咖啡和冰品很快就送来了，水果圣代上装饰着红色樱桃和威化饼，这正是高野舞非常喜欢这家店的原因。安藤看到她吃东西的模样，不禁又想起儿子。儿子也会专注地吃着喜欢的东西，可爱得不得了。

安藤一口咖啡都没喝，怔怔地看着高野舞。他的妻子热衷于瘦身，绝不会点水果圣代这一类冰品，只喝不加糖的柠檬茶。可是从外表看起来，高野舞似乎比安藤的妻子还要瘦削。在分居的那段时间，妻子瘦到连眼睛都快合起来了，但是他对妻子的印象仍停留在刚结婚时她拥有一张丰满脸庞的阶段。

高野舞将樱桃含在口中，对着椭圆形玻璃容器吐出果核，再用纸巾擦拭一下嘴唇。安藤饶有兴味地看着，她一边吃着威化饼，一边注视杯底剩余的冰激凌，似乎在考虑要不要拿起来舔一舔。

等到高野舞吃完餐点，两人才开始谈话。高野舞焦急地询问安藤，解剖之后，是否将龙司的内脏送去做进一步的检查。

刚吃完水果圣代的年轻女子却谈到尸体内脏的去处，时机显得非常不恰当，安藤不禁考虑该如何说明。他曾经对家属说明过解剖后检查内脏的事情，但双方无法沟通，他还因此尝到不少苦头。一般人对组织标本这类东西不甚了解,一听到“标本”这个词，立刻联想到用福尔马林将内脏浸泡在瓶中，双方便在一问一答间浪费许多时间。

对安藤而言，组织标本就像行政人员拿的圆珠笔，然而，若是不针对它的形状、大小、制作方法加以说明，其他人根本无从了解。他决定从制作组织标本的方法开始说明。“嗯，所有作业几乎都在研究室里进行，我们将引起心肌梗塞的部分切取一小片，先用福尔马林浸泡，接着切成像生鱼片的形状，用石蜡固定，之后再切成薄片，做成显微镜用的标本，取下石蜡的部分染色，这样就完成了组织标本。然后交给检验室处理，等待进一步的检查结果。”

“经过那样的程序，检查时比较容易吗？”

“当然，一旦染色，在显微镜下观察细胞的构造就轻而易举了。”

“你看过了吗？”

“在转交给检验室之前，我看了一下。”

“怎么样？”高野舞把身子靠过来。

“左冠状动脉的回旋支前面发生闭塞，血液无法往前流过去，龙司的心脏因而停止跳动。之前我这样说明过，不过，被切成圆片的病变部分在显微镜下的样子很令人惊讶……一般的心肌梗塞是动脉硬化，在内膜上沉积脂肪，使动脉变得狭窄，形成瘤状物，造成血块堆积。龙司确实有血管闭塞的情形，但那并不是动脉硬化引起的，有明显的不同。”

“那是什么？”

“肉瘤。”安藤很简洁地回答道。

“肉瘤？”

“是的，至于是否为特定的组织细胞，或是未分化的肿疡，我们不是很清楚。这是在冠状动脉的内膜和中膜部分都没有见过的细胞肿瘤。也就是说，血管内产生一个肿块，造成血管闭塞。”

“是癌细胞之类的东西吗？”

“也有可能，不过，在血管内部产生肉瘤，几乎是不可能的事情。”

“是不是只要等检查结果一出来，就可以知道是什么原因产生的肉瘤？”

安藤一面笑，一面摇头。“只要它还没有成为症候群，我们就没有办法知道原因，就像艾滋病一样……说不定龙司有冠状动脉的先天性缺陷。”

“可是，高山老师他……”

缺乏医学知识的人也知道，心脏的冠状动脉如果长出瘤之类的东西，人的运动能力将大打折扣。

“对，他在高中时代曾经参加全国高中运动会，并在掷铅球的项目中获得非常优异的成绩。”

“是的。”

“有先天性心脏疾病的人肯定无法在运动方面如此活跃，所以我想问你，龙司生前有没有提到胸口疼痛之类的情形？”安藤与龙司之间的交情，几乎在大学毕业时就宣告结束，此后两人在大学校区相遇，也只是互相说声“你好”，根本不会注意对方身体的变化。

“我和老师交往不到两年，所以……”

“没关系，这样就够了。”

“老师具有异于常人的强壮体格，在我的记忆中，他没有得过感冒，当然也可能是他的忍耐力超强，即使有事也不说出来，特别严重的事情也……”

“任何事情都可以。他有什么让你觉得不对劲的地方吗？”

“事实上，是这样的……”

安藤突然想到，并非自己为了解剖报告而来找高野舞，而是高野舞在守灵之夜整理龙司的论文时，感觉有些事情不太对劲，因而约他出来商量。

“你说出来，我听听看。”

“我不知道这是不是和高山老师的死因有关系。”她吞吞吐吐地说着，一脸犹豫的样子非常可爱。安藤集中精神，催促她快点说下去。

“十天前的晚上，我溜出守灵的位子，到老师的房间整理一些还没发表的论文时，电话突然响了起来，我稍微犹豫一下才拿起话筒，对方自称是‘浅川先生’，说是老师高中时代的朋友。”

“你认识他吗？”

“只见过一次面，在老师去世前四五天，偶然在老师的公寓里碰见的。”

“是男人吗？”

“当然。”

“那么……”

“他好像还不知道老师去世的消息，所以我简短地告诉他前一天晚上的事情，他显得非常吃惊，马上说要赶来这里。”

“赶来‘这里’？什么地方？”

“高山老师的公寓。”

“后来那个人真的过去了吗？”

“是的，而且比我想象的还要快。他一踏进房间，就不停地扫视四周，好像在寻找什么东西，还三番两次地询问我是否发生过什么特别的事情，又反复询问老师死后，屋里是不是有什么地方改变了……更让我觉得奇怪的，是他之后说的话。”高野舞停下来喝了一口水。

“那个人说了什么话？”

“我记得清清楚楚，当时他说，‘龙司真的没有和你说什么吗，譬如录像带之类的？’”

“录像带？”安藤不解地反问道。

“对，您也觉得很奇怪，对不对？”

“你从龙司那里听过录像带的事情吗？”

“没有。”

“录像带……”安藤念着，缓缓靠向椅背。这位在十天前（解剖尸体的星期六）晚上到龙司的住所拜访、自称“浅川”的男子，让他有一种不祥的预感。“我想，如果录像带录下的内容非常具有冲击性，便可能给心脏带来很大的打击。”

安藤理解萦绕在高野舞脑海里的疑问。两三天前，他在电视的推理剧场中也看过类似的剧情：妻子和丈夫的属下产生婚外情，继而落入别人设下的圈套，她和那男人在旅馆偷情的亲密镜头全被摄影机偷拍下来，录像带随着恐吓信一起邮寄到她家中。妻子放到录像机里播放，哪知道画面竟是自己和一个年轻男子赤裸着身体拥抱在一起，发出呻吟的声音。她发现录像中的女人是自己，便突然失去意识昏倒在地。

随着录像带的播放，视觉和听觉两方面同时受到刺激，的确会对人造成很大的冲击。如果将录像带重复播放，甚至可能让人遭受过度冲击而死亡。

“不，不可能！龙司的确是冠状动脉发生闭塞……再说，那个与众不同的高山龙司会被一盘录像带中的恐怖内容吓死吗？”安藤说到后来，声音中还夹杂着一丝笑意。

“那似乎不太可能……”高野舞也轻轻地笑出声，他们对龙司的了解似乎一致。龙司拥有令人赞叹的豪爽性格，胆量之大也异于常人，一般的刺激不可能对他的精神和肉体造成伤害。

“对了，你知道那位浅川先生的联络地址吗？”

“没有……”说到一半，高野舞捂住嘴巴，“对了，M 报社的浅川和行……老师当时是这么介绍他的。”

“M 报社的浅川和行？”

安藤把这个名字记在记事本上。只要询问 M 报社，就能和这位自称浅川先生的男人联络上。说不定需要和这人见个面，当面谈一下。

高野舞突然摸着下巴，发出“嘿”的一声。

“怎么了？”安藤抬起头来问道。

“‘和行’的汉字是那么写的吗？”

安藤低头仔细看着自己刚才在笔记本上写下的“浅川和行”，终于发现什么地方不对劲了：“ASAKAWA”的汉字有浅川、朝川、麻川等写法，而“KAZUYUKI”也有一幸、和幸、和之等写法，为什么我会如此熟悉而自信地用汉字将这四个字写出来呢？

“为什么你会知道是哪个汉字呢？”高野舞睁大眼睛询问道。安藤无法回答，他搞不清楚背后究竟隐藏着什么样的神秘力量，但是预感到一切事情将和这个男人有极深的关系。

5

儿子死后，安藤今晚第一次在吃饭的时候喝了几杯日本酒。他并非在失去儿子之后才戒酒，而是认为酒精具有麻醉的效果，容易增加气氛，高兴的时候喝酒会增加快乐的气氛，悲伤的时候喝酒则会让情绪变得更加沉重。这一年半，悲伤时常在他脑中萦绕，一旦让酒精沾到嘴巴，他铁定喝得烂醉如泥，没办法控制寻死的念头。

十月都结束了，天空竟然还落下蒙蒙细雨，雨丝像雾一般在空中漂浮着，酒的后劲让安藤渐渐暖和起来，丝毫不觉得冷。在回公寓的途中，他好几次把手伸到雨伞外面，盛接从天而降的雨水。

安藤从车站回来的路上经过一家便利店的门口，突然想买瓶威士忌，便停下脚步。就在这时，他注意到大都会美丽的夜景近在眼前，许多政府机关的建筑物点着明亮的灯光，在蒙蒙雨幕中闪耀着妖冶的光芒。大楼顶上的红色灯光忽明忽灭，仿佛在使用摩尔斯电码传递讯息。灯光明灭的间隔很长，像是一只大张嘴巴的愚蠢怪物。

安藤回到代代木公园对面一栋四层楼的旧公寓，这是他和妻子分居后的住处。这里没有停车场，屋里的家具只有书柜和铁床，好像回到学生时代那种穷酸生活，和以前南青山的公寓相比简直有天壤之别。

安藤进了房间，刚打开窗户，电话响了。

“是我。”

安藤马上知道对方是谁。不说出自己姓名，又以这种口气说话的，只有大学时代的同班同学——宫下，他现在是病理学研究室的助手。

“不好意思，这么久才联系你。”安藤先道了歉，他知道宫下打电话来的理由。

“今天我去了你的研究室。”

“那是监察医务院附设的。”

“看到你有两个赚钱的门路，我只有羡慕的份儿。”

“你在说什么？你可是将来的教授候补人选啊。”

“这事暂且不谈，参不参加舟越的欢送会，你还没有给我答复。”

第二内科的舟越由于父亲退休，必须回到故乡继承医院，而宫下正好担任这次欢送会的干事，他已经通知大家欢送会的地点和日期，并要求尽快答复是否出席。安藤由于最近事务繁忙忘记了。若不是因为儿子意外身亡，欢送会的主角应该是安藤才对。当初他进入法医学研究室只是暂时的，他打算先将基础打好，再进入临床领域，然后继承妻子家里的医院，没想到却因为一个意外改变了人生轨迹。

“欢送会在什么时候？”安藤把话筒夹在耳朵旁，一面翻记事本，一面听着。

“下个星期五。”

“星期五……”安藤根本不需要确认时间，因为他在三个小时前和高野舞分手，约定下星期五晚上六点一起吃饭。这两者之间的轻重十分清楚，安藤已将近十年没有邀约年轻女性吃饭，如今好不容易听到“OK”的回答，总不能让机会又失去了。自己能不能从那场噩梦中醒过来，这正是关键。

“怎么样？”宫下催促道。

“对不起，我有约在先了。”

“真的吗？又是以前那个理由？”

安藤不知道自己通常是用什么理由来拒绝朋友的邀约。“我以前都是用什么理由？”

“不能喝酒的理由啊，你这家伙的酒量那么好……到底在胡说些什么？”

“不是那样。”

“不喜欢的话就不用喝，可以用乌龙茶代替，主要是和大家交流一下嘛。”

“真的不是那么回事。”

“可以喝酒吗？”

“还可以。”

“那……找到喜欢的女孩了？”

从宫下胖嘟嘟的体型来看，实在无法想象他的感觉那么敏锐。安藤只和高野舞见过两次面，还谈不上喜不喜欢对方。

“哪个女人竟然让你连舟越的欢送会都忘记。不过，这是值得庆贺的事情，不必介意，欢迎你一起带来。”

“还没有到那种程度。”

“看起来蛮慎重哟。”

“还好。”

“嗯，我不会勉强你的。”

“真的很不好意思。”

“你道歉好几次了，这次就让你缺席，但是我会告诉大家你结交了喜欢的女人。”说完，宫下又笑了笑。

安藤没有办法发脾气，这段愁云惨雾的日子里，唯一的安慰正是宫下送的礼物。当时宫下并没有说“提起精神”那些毫无意义的话，只是递给安藤一本小说，要他看一下。小说描写了一个身心受创的年轻人克服过去、自我成长的过程，现在被安藤十分珍惜地放在书架上。他第一次得知宫下竟然对文学有兴趣，也知道了一本书可以给人勇气。

接着，安藤改变话题：“对了，龙司的组织标本中查到什么了吗？”龙司遗体病变的部分，主要在宫下的病理学研究室进行检查。

“那件事啊……”宫下忽然长长地叹了一口气。

“怎么啦？”

“要怎么说呢？我实在是搞不清楚……你对关教授有什么看法？”关教授是病理学研究室的教授，他在癌细胞产生形式的研究方面非常有名。

“你怎么突然这么问？”

“那个老人偶尔说些奇奇怪怪的话。”

“他到底说了什么话？”

“死因似乎不是冠状动脉闭塞，关教授提出另一种见解……龙司的咽喉部位长着溃疡，你还记得吗？”

“当然。”安藤记得他在解剖过程中，差点就漏掉这个部分，经过助手的提醒，才在解剖后将它切除下来。

“我只用肉眼瞄了一下，但是关教授一看到那个溃疡的部分，你猜他说了什么？”

“不要再拐弯抹角了，赶快说吧！”

“他说那个东西很像天花患者的溃疡。”

“天花？”安藤忍不住大叫一声。

天花经过疫苗的扑灭后，已经从地球上灭绝了。一九七七年在索马里发现最后一位患者，至今世界上再没有出现有关天花的感染报告。在一九七九年，世界卫生组织发表“天花已经从全世界绝迹”的宣言。只有人类才会感染天花，没有患者，就代表天花病毒已经不存在。现存的天花病毒冷冻在液氮中，放在俄罗斯莫斯科和美国佐治亚州亚特兰大的研究室里。因此，如果现在世界上某个地方出现天花病例，便只能假设其中一个研究室的病毒外泄，但似乎不可能。

“你也觉得很吃惊吧。”

“是不是有什么地方搞错了？”

“有可能。不过，关教授都这么说了，我们也不能听听就算了。”

“什么时候才知道结果？”

“大概一个星期后。如果真的发现天花病毒，对你来说是一件大事。”宫下忽然笑了起来，他也在想可能什么地方弄错了，毕竟以他们的年纪不可能看到天花患者，这一类病症的信息只能从研究病毒的书籍中去寻找。

安藤曾在书中看到全身布满天花疹子的幼儿照片，小孩眼神茫然地对着相机。天花发病的最大征兆是全身布满疹子，出疹时间是在感染后七天左右。

“可是，龙司的皮肤并没有出疹子啊。”安藤回忆起龙司的皮肤在灯光下发出明亮的光泽。

“嘿，我实在不想说这些愚蠢的话。你知道天花病毒会造成严重的血管闭塞，致死率接近百分之百吗？”

安藤轻轻地摇着头回答：“不知道。”

“这一点我很确定。”

“难道你认为龙司的冠状动脉闭塞正是这个原因引起的？”

“我很不愿意事情演变成这样。可是，在冠状动脉内部出现的那个肉瘤到底是什么东西？你不是也在显微镜下看到了……为什么会长出那种东西来？”

“这……”

“你种过牛痘吧？”宫下发出一阵奇怪的笑声。

“你还有心情笑！如果真是天花病毒……”

“玩笑归玩笑，我突然想到一件事情。”

“什么事？”

“先撇开天花不说，如果是由于某种病毒长出肉瘤，应该还有人因为相同症状而死……”宫下在电话的另一端想象各种可能性。

“这不无可能。”

“如果你有时间，可不可以到其他大学问问？运用你的人际关系，应该能轻易查到相关资料。”

“知道了。如果天花真的变成症候群再次出现，可是大事一桩。”

“别太担心了。”

之后，两人简单地寒暄几句，便挂上了电话。

夜晚的湿气从敞开的窗户潜入屋内，外面的雨已经停了，马路上轮胎的痕迹逐渐干涸，宛如两条筋脉往前延伸。安藤走到阳台关上窗户，将车辆的嘈杂声关在窗外。他从书架上拿出一本医学事典，翻到目录那一页。他对天花病毒的知识相当贫乏，如果不是对病毒感兴趣，没有人会将天花当研究对象。

天花病毒属于痘病毒科正痘病毒属的“重症天花”和“轻症天花”。“重症天花”的死亡率是百分之三十至百分之四十，而“轻症天花”则在百分之五以下。除此之外，猴子、兔子、牛、老鼠等感染水痘病毒的情况依然存在，但日本目前没有发现相关感染病例，即使有，也只是局部的痘疮。

安藤顺手合上医学事典，他觉得仅凭肉眼根本无法证实那就是天花，可能只是病变症状和天花相似。他又想到，如果在龙司体内发现某种病毒，那他和高野舞也一定会感染。以天花病毒为例，病毒附着于口腔黏膜形成溃疡，然后再释放出病毒。唾液具有很强的感染性。安藤立刻联想到高野舞和龙司的嘴唇重叠在一起的画面，他慌忙甩开这种想法，将威士忌倒在玻璃杯中，一饮而尽。

安藤已有一年半左右没接触过酒精，身体马上产生强烈的反应，喉咙开始发热，渐渐蔓延到胃部。他感到十分虚弱，不由得坐到床上，呆呆地看着天花板，勉强让头脑保持清醒。

安藤在儿子溺水的前一天曾做过关于海洋的梦，他确信上天早已向他示警，然而他无法阻止那场悲剧发生，始终非常后悔。此外，在解剖完龙司的遗体后，龙司的腹部露出一截报纸，将上面的数字转换成英文字母后，排列出“RING”这个单词，又代表什么意义呢?

龙司的葬礼已经举行过，肉体也被烧成灰烬，只有一部分成为组织标本保存起来，但感觉他好像还活在这个世上，却又无法对人表达他的感受。

安藤在陷入昏睡前的一分钟，盲目地揣想种种荒唐无稽的可能性。刹那间，他的理智从体内冒出来，灵魂由上往下观察这具以大字形躺在床上的躯体。他感觉好像在哪里见过这个姿势，而且还是最近的事。

在强烈的睡意侵袭下，安藤终于想到自己在不久前曾经看到照片中龙司死前的姿势，和自己现在的一模一样。安藤不禁开始颤抖，他抗拒着浓重的睡意坐起身子，然后迅速地钻进被窝。直到进入梦乡，他的身体仍然不停地发抖……

6

安藤在监察医务院解剖完两具遗体，将后续工作交给同事处理，自己则赶回 K 大学。先前他从宫下那儿得知龙司的死因有些进展，按捺不住心头的兴奋，以最快的速度冲往学校。

学校正面的新馆刚盖好两年，是一栋十七层的现代化建筑，密集的走廊和旧馆相连。安藤从附属医院的正门进入，穿过走廊往旧病房大楼走去，将新旧馆连接在一起的廊道宛若迷宫，初次来访的人通常都会迷路。安藤从病理学研究室的门缝往里面瞧，只见宫下坐在圆椅子上，好像正在查阅文献资料，一张脸几乎贴在书上。他从后面慢慢走近，拍了拍宫下厚实的肩膀。

宫下回过头，摘下眼镜，将书反扣在桌上，书名是《占星术入门》。他把椅子转个方向，面对安藤坐着，直接问道："你的出生日期是什么时候？"

安藤没有回答他的问题，反而拿起《占星术入门》翻阅。"用占星术算命啊？又不是女高中生。"

"你不要小看它，很准的。喂，把你的出生日期告诉我。"

"别管这种事了，你……"安藤从桌子底下拉出一张圆椅子，粗鲁地坐下来，放在桌子边缘的《占星术入门》掉在地下，发出一声钝响。

"啊，镇定一点。"宫下弯下腰把书捡起来。

"是不是发现病毒了？"

宫下摇着头说："我询问了其他学校的法医学研究室，是否有和龙司症状相同的死亡病例，并且经过了行政解剖或司法解剖手续，目前已经整理出结果了。"

"有死因相同的尸体吗？"

"是的，经过确认，死因相同的共有六具尸体。"

"六具尸体？"

"对方也吓了一跳，只有我们对这种死因奇怪的尸体做这样的调查。”

“是哪一所大学负责解剖的？”

宫下腹部抵着桌子，伸手到杂乱的档案中找寻。“S 大学有两具，T 大学有一具，横滨的 Y 大学有三具，共计六具尸体，应该还有其他病例。”

“让我看一看。”安藤从宫下的手中接过档案。

宫下在今天中午前接到了所有传真资料，每一份都模糊不清，读起来相当费力。因此，安藤从中选择必要的事项来阅读。

首先是 T 大学解剖的遗体，死者姓名是岩田秀一，十九岁，于今年九月五日晚上十一点左右，骑着 50cc 的摩托车在品川车站前的十字路口跌倒死亡。解剖结果是：他的心脏冠状动脉因不明肿瘤造成阻塞，死因是心肌梗塞。

Y 大学解剖的三具遗体中，有两具是一对年轻恋人，而且是同时死亡。能美武彦，十九岁；辻遥子，十七岁。九月六日天色未明的时候，这两人在神奈川县横须贺市大楠山的山脚下，被人发现陈尸于租借的车中。当时辻遥子的内裤褪至脚踝，能美武彦的牛仔裤和内裤也脱到膝盖处。由此看来，他们很可能在深夜时分正想在车上做爱时，心脏同时停止了跳动。解剖结果是：血管内的肿瘤造成冠状动脉阻塞。

安藤嘴里一边喃喃念着“怎么可能”，一边抬头望着天花板。

“你看到车子里的那对恋人了吗？”宫下出声问道。

“是的，这两个人在相同场所、相同时间发生心肌梗塞，再将 T 大学解剖的岩田秀一包含在内，他们几乎都在相同时刻发生冠状动脉阻塞。这到底是怎么一回事？”

“接下来还有一对母女……你看到了吗？”

“还没。”

“你仔细看看，她们和龙司的症状相同，咽喉部位产生溃疡。”

安藤急忙翻阅下一份档案。S大学解剖的是一对母女的遗体。母亲叫浅川静，三十岁；女儿名叫阳子，一岁六个月大。安藤一看到母亲的名字，心底总觉得有些熟悉，他停止手上的动作，思考了许久。

“你怎么了？”宫下望着他的脸，诧异地问道。

“没有……没什么。”安藤继续阅读档案的内容。

今年十月二十一日正午，浅川静带着阳子乘坐丈夫开的车子，在首都高速公路湾岸线的大井匝道出口附近发生交通事故。他们是从浦安往大井方向行驶，在东京港隧道的入口附近遇上交通堵塞，和一辆轻型卡车追撞。不仅车子严重损毁，连坐在后座的母亲和女儿也丧生了，开车的丈夫则身受重伤。

“为什么这个案子会转至司法解剖？”安藤焦急地提出这个疑问，毕竟一般交通事故身亡的人，司法解剖的例子不太多见，通常只有具备犯罪因素时，才会在检察官列席之下进行司法解剖。

“不要着急，你先看下去。”

“要不要换一台新的传真机？这些字实在太模糊了，我看得头很痛。”安藤把卷成圆筒的传真资料拿到宫下的眼前摇晃。

“真是个没有耐性的家伙！”宫下干脆取过资料，直接向安藤说明，“起初认为这对母女是因车辆追撞致死，但经过调查，却发现尸体上没有致命伤，因此觉得事情不简单。这对母女的额头、脸及脚上发现一些撞伤或裂痕，可是并没有显示生活反应的伤痕……下面就该你伤脑筋了。”

如果想判定遗体上的伤痕，可以从生活反应的有无来判断那是生前所受的伤，还是死后才受的伤。这对母女身上的伤痕没有生活反应，因此结论只有一个：在意外事故发生的时候，这对母女已经死亡了。

“这么说来，开车的丈夫可能是在搬运妻子和女儿的尸体？”

宫下将两手一摊。“大概是吧。”

果真如此，检察官当然会采取司法解剖的手续。检察官揣测这桩案子是丈夫要全家一起自杀，他先动手勒死妻子和女儿，然后在寻找死亡场所的途中碰上交通事故。然而，解剖结果却使丈夫的嫌疑澄清了。这对母女的症状也和其他病例相同，是冠状动脉阻塞，没有他杀的嫌疑。

当车子行驶在高速公路上，妻子和女儿由于心肌梗塞死亡，之后马上发生交通事故。很容易想象为什么丈夫会超速行驶。丈夫原以为坐在后座的妻女睡着了，想叫醒她们，于是一手握着方向盘，另一手去摇醒妻子，但妻子并没有醒来。他再次确认前面的路况，把手伸向妻子的膝盖，才察觉到妻子的身体产生异状。这令他既惊愕又恐慌，将视线转到妻子身上，因此没有注意到已经逼近前方的车辆。

安藤曾有过丧子之痛，他能体会这个男人在驾驶中忽然发现妻女已经死亡所受的重大打击。“丈夫呢？他现在怎么样了？”

“在住院。”

“伤势如何？”

“身体上的伤没什么大不了，比较严重的是心理方面的打击。”

“精神方面？”

“他一直处于昏迷状态。”

“真可怜。”这个男人对妻子的爱一定非常深。

安藤从宫下的手中拿走传真资料，用手指沾了点唾液，继续翻阅薄薄的纸张，他想查一下这个男人住在哪一家医院。

他对这个男人的症状很感兴趣。如果是熟识的医院，或许可以从那里问出详细的情形。他不停地翻阅，霎时有个名字映入眼帘：浅川和行。

“什么？”安藤惊讶地发出叫声。“浅川和行”就是他两天前写在记事本上的名字。

“是你认识的朋友吗？”宫下打着哈欠问道。

“他是龙司的朋友。”

“龙司的朋友？”

“开车的男人叫浅川和行，他是龙司的朋友。”

“你怎么会知道？”

安藤简短地说明：高野舞在守灵当晚去高山龙司的房间整理论文，遇到一个叫浅川和行的男人。

“听起来不太妙。”

现在包含龙司在内，总共有七个人死于相同的病症：九月五日有四位，十月十九日有一位，十月二十一日有两位。一对恋人在大楠山同时死亡，一家人在大井匝道出口遇到交通事故，母亲和女儿几乎同时死亡，而她的丈夫正好是龙司的朋友……这些事件中好像具有某种关联，死者都由于肉瘤导致冠状动脉阻塞，造成死亡。这种新疾病可能会传染，从死者的死亡地点来看，借由空气感染的可能性不大，它或许和艾滋病相同，是一种不容易感染的“传染病”。

安藤突然想到高野舞可能和龙司有过肉体接触，他心情很沉重，好像有种不祥的预感不断地逼近，但又忽远忽近、模模糊糊。该怎么向她说明这件事呢？是不是要给她一些警告？

还是先去 S 大学吧。目前手上只有档案记载的资料，自己对整个情形不是很了解，不如直接去询问解剖浅川妻女的医生。安藤拿起电话与 S 大学预约前往拜访的时间。

7

星期一，安藤到大田区的 S 大学医学院拜访。

他敲了敲法医学研究室的门，在门外等了一下，但里面没有声响。他低头看一看手表，离约定时间还有十分钟左右。法医学研究室和外科、内科不同，成员特别少，可能三四个人一起出去吃午饭了。他正在想该怎么办，背后突然响起一个声音：“有什么事情吗？”

安藤回过头，看到一位戴着无框眼镜、身材瘦小的年轻人，看起来太年轻，不像讲师。不过安藤对他那高亢的声音有些记忆，立刻拿出名片，说出自己的姓名和来访目的。

对方礼貌地回了句：“初次见面，敬请指教。”同时递上名片。他果然是星期五与安藤在电话中交谈的那个人，名片上写着S大学法医学研究室讲师，名叫仓桥一芳。仓桥看起来很年轻，为了掩盖稚嫩的学生气息，他刻意挺起胸膛说话，一副稳重威严的腔调。

“嗯，请进。”仓桥非常殷勤地招呼安藤进入法医学研究室。闲聊时，两人交换了对这些尸体的看法。谈及冠状动脉内部肉瘤引发的心肌梗塞，仓桥对这种并无前例的死因非常惊讶。

“想不想看一看？”仓桥站起身，取出冠状动脉阻塞部分的组织标本。安藤用肉眼看了一阵子，再用显微镜观察细胞，显微镜下的细胞和高山龙司产生的变化完全相同。细胞经苏木精和曙红染色后，细胞质呈现红色，细胞核则是青色。与一般正常细胞比较，产生病变的细胞形状扭曲，细胞核变大，因此，正常的细胞整体看起来是红色，异常细胞则是青色的。

安藤看到青色细胞上面浮现出变形虫状的红色斑点，而且慢慢扩散开来。这个变化到底代表什么？必须把致命元凶找出来才行，比起从尸体内部找线索，找出凶器或犯人的过程确实更困难。

安藤从显微镜移开视线，深深吸了一口气。“这是谁的细胞？”

“浅川太太。”仓桥站在柜子边抽出一份档案，又放回去，然后歪头盯着柜子，似乎找不到想要的东西。安藤则再次把视线移到显微镜上。知道了这个细胞的主人，他尽量去想象这个个体产生的变异。

上个月二十一日中午，浅川和行开车在首都高速湾岸线的大井匝道出口发生追撞事故，解剖的结果表明，他的妻女在事故发生前一小时就死亡了，也就是说，上午十一点的时候，这对母女已经出现相同症状去世。

冠状动脉产生的肉瘤仅占身体的一小部分，如今却长到使动脉发生阻塞，导致心跳停止，同时夺走两条性命。这简直匪夷所思。两人同时感染上某种病毒，经过潜伏期才出现症状，直到死亡，如果其间需要几个月，那么同时死亡的情况是不可能出现的。人类先天就有个别差异，年龄相差近三十岁的母女差异更大。

安藤记得Y大学解剖的那对年轻男女也是同一时间死亡的。如果这纯属巧合，那么从感染病毒到死亡的时间应该极为短暂，没有更好的解释了。因此，他暂且打消病毒是元凶的想法，考虑是否有食物中毒这一类的感染途径。若是食物中毒，摄取相同食物的人会同时出现相同症状。食物中毒的原因还分为天然毒素、化学毒素、细菌性毒素等，可是并未听说哪一种食物中毒会在冠状动脉中形成肉瘤。难道是某地的研究室秘密研究的细菌因意外变异而外泄吗?

安藤再次抬起头来，他思考的这些可能都没有脱出空想的范围，可能徒劳无功。这时，仓桥拿着一份档案走向他，从旁边拉了一张椅子坐下，从档案袋里面抽出十几张事故现场的照片。“这些是事故发生时拍下的照片，可以给你作参考。”

这起事件的主因在于细胞产生的异变，而不是驾驶者的疏忽，因此这些照片无法提供解决的方案。不过，安藤还是一张一张拿起来看。第一张照片是一辆撞得稀烂的车子，引擎盖被挤压成山一般的形状，保险杠和车头灯也都损毁不堪，中间的支柱没有被压扁，强大的撞击力并未影响到后座。接下来是附近路面的照片，干涸的路面上没有一丝刹车的痕迹，可见浅川和行没有专心驾驶。他到底在看哪里呢？可能是在回头看后座，触摸妻女的身体。

安藤好像在发扑克牌，一次两张、三张地将照片往桌上扔。突然间，他的视线停在其中一张照片上。这张照片拍下了车子内部的情形，但是只照到了前座，驾驶座的安全带垂下来，副驾驶座则往前倒下。

安藤看得入神，他紧张得手心直冒冷汗，感觉这张照片的确在指示某些事情，不禁把脸凑近，仔细地看，终于发现了一条线索：在副驾驶座的椅背下方，隐约可以看到一个黑色物体放在脚下，还有个黑色扁平物被座椅靠枕压住。安藤用一种怪异的声调呼唤仓桥："这、这是什么东西？"

他把照片拿到仓桥面前，指着某一处。仓桥拿下眼镜，把脸凑过去看，歪着头思考。他并不是猜不透那个东西是什么，而是疑惑安藤为何会对这个东西感兴趣。

"这个东西有什么奇怪的吗？"仓桥边说边注视照片。

"录像机……我觉得它看起来像录像机，你认为呢？"安藤征求仓桥的认同。

"嗯，好像是录像机。"说完，仓桥把照片推回给安藤。放在座位下的黑色长方形物体，仔细观察，可以看到右侧有黑色圆形按钮，可能是录像机或收音机之类。被座椅靠枕压住的东西，则像手提电脑或文字处理机。以浅川的职业，他携带文字处理机外出并不奇怪，可是随身携带录像机又不一样了。

浅川在龙司死去的次日来到龙司的住处，不断地询问高野舞有关录像带的事情。隔天，浅川将录像机放在副驾驶座上，好像要去什么地方，却在回品川住宅的途中遇到交通事故。他到底载着录像机去什么地方？假如要修理机器，根本不用开车上首都高速公路，只要拿到附近的电器行就可以了。

安藤将十几张照片重新看过一遍，其中一张照片拍摄到了车号，他从手提袋中拿出笔记本记下来。

品川わ　5287

从“わ”可以得知这辆车子是租来的。安藤站在自己的立场考虑，试问自己在什么情况下会刻意载运录像机。顿时，他的大脑中出现一个理由——复制！如果远方朋友打电话来，提到拿到了一盘非常好的录像带，偏偏手边只有一部录像机，浅川只能把家里的录像机搬过去才可以对录。

要是能拿到那盘录像带，安藤也很想看看里面的内容是什么。

湾岸线的大井匝道出口是属于哪个警署管辖？肇事的车子如果由交通科保管，车中的物品应该一起移交给他们。妻女死亡，浅川本人也意识不清，没有其他人接手的话，录像带应该还在交通科。安藤担任监察法医，认识很多警官，那部录像机可以轻易到手。

但是在此之前，安藤觉得必须马上去拜访浅川和行，看看可否从他的口中问出真相。安藤得到的资料上写着浅川在昏迷状态下被直接送往医院，距今已经过了十多天，他的症状或许会产生变化。

“你知道浅川和行住在哪家医院吗？”安藤向仓桥询问。

“品川济生医院……”仓桥又看了一下资料，“没错。可是，这个患者目前仍处于昏迷状态。”

“总之，我先去看看他。”安藤边说边点头，强迫自己认同这种做法。

8

安藤从S大学出来，立刻叫了一辆出租车，上车还不到十分钟，他就开始打盹。他的脸颊摩擦着车窗玻璃，突然一个重心不稳，额头往前碰到驾驶座，接着听到一阵警铃般的声响从很远的地方传过来。

安藤反射性地看看手表，现在是下午两点十一分。他顶多打了两三分钟的盹儿，却感觉时间流逝得很快。刚才在S大学仓桥讲师那里看到事故照片，好像是几天前的事情了。

出租车一直停在原地不动，安藤不禁将上半身稍稍往前倾，从前面的玻璃往左前方看去，看到铁路平交道降下来的栅栏和闪烁的警报器。向第一京滨左转，数十米外就是京滨急行的平交道，出租车被挡在这里无法前进。品川济生医院位于平交道前方，眼看着上行的京滨急行线已经通过，可是栅栏迟迟未升上去，下行的电车指示灯亮了起来。出租车司机仿佛已经放弃，他拿起用夹板夹住的记事纸，一张一张地翻阅着，并在上面写东西。

没关系，距离五点的会面时间还早，时间还很充裕。安藤正想着，猛然觉得车窗外有一道视线射向他，这种感觉很像在显微镜下观察组织标本。安藤不由得左右张望，探查隔壁车辆中是否有认识的人，人行道上有无可疑的视线，却一无所获。他安慰自己，这只是心理作祟。然而，那道视线越来越灼热，于是他再次环顾四周——左边人行道的对面有一道隆起的土堤，一道人影沿着那儿跑步。与人齐高的草丛下有东西在移动，动了一下又停止，再动一下又停止……

注视着安藤的那道视线并没有移开，安藤怎么也想不到会在这种地方看见一条蛇。在秋日午后的阳光下，蛇的眼睛眯成小小的细缝，散发出光芒。安藤不由得想起小时候在乡村田野间一栋农舍旁发生的事。

那是个平静的春日午后，正念小学的安藤放学途中，在沿着河川建造的方围墙上发现一条像细线般的灰色小蛇。起初他以为是围墙上龟裂的痕迹，靠近一看，才知道那是一条蛇。

安藤捡起拳头大小的石头，轻轻地往上抛着，测试石头的重量，然后以投手投球的姿势扔出。石头飞过河川，砰的一声打中数米远的围墙，当场击碎那条小蛇的头。他没想到真的会打中，吓得几乎尖叫一声。尽管他和那条灰色小蛇相隔很远，但手上仍不断涌现直接用拳头将蛇打烂的触感，他不禁用手摩擦着裤脚。

那条蛇被击中后掉进了河里，安藤一步一步往河边的草丛走过去，想确认蛇是否真的死了。他弯下腰，看到小蛇顺着河水缓缓流下。就在那时，他感觉到一道和现在一样令人不安的视线：一条比较大的蛇躲在草丛里注视着自己。大蛇眼里闪烁着阴森的光芒，令他感到一阵凉意。他记起祖母常常挂在嘴上的一句话："杀死蛇的话，一定会有报应。"大蛇似乎对着杀死小蛇的安藤发出强烈的诅咒，安藤顿时十分后悔，不断在心中辩解：自己不是故意用石头打死小蛇的。

虽然已经是二十年前的往事，但是安藤的印象还很清晰。他一直说服自己"蛇的报应"绝对是迷信，小孩子对爬虫类的了解不多，才会产生恐惧感。尽管如此，他始终摆脱不掉记忆中的那条小蛇，还有在后面追赶的母蛇，这两条蛇甚至逐渐变成两条绳子，相互牵连——难道自己被诅咒了？

他联想到细胞核收容了 DNA，DNA 就像两条相连的蛇往天空飞去，形成几千几万个世代从未间断的生命情报，而人类就是被这两条蛇捆绑的。安藤曾经将自己的遗传因子传给儿子，儿子的白皙肤色则遗传自妻子。

"孝则！"安藤想到这里，不禁充满悲伤地呼唤着儿子。他抬起头，再次来回看着车窗外，感觉心头非常纷乱、烦闷，不禁闭上眼睛，试着思考其他事情。脑海中顿时出现一只在波浪的冲击中下沉的小手，他紧握着拳头，发出呜咽声。

当年那条小蛇的头被打破，然后被水流冲走，二十年后，母蛇的诅咒在现实生活中袭来。那年六月，安藤和儿子在还没对外开放的海边，一起趴在竹筏上嬉戏，用脚拍打着水面，往海上划去，背后远远传来妻子的声音："阿孝，可以回来了。"

但母亲的呼唤声传不到儿子那边。

"老公，该回来了吧！"妻子开始有些歇斯底里。

眼看着波浪越来越高，安藤心里突然闪过一个预感：该回去了。他正想改变竹筏的方向时，眼前却出现一波高高的白色海浪，瞬间将竹筏打翻。安藤和儿子一起被冲到海中。海水淹过头顶，安藤不禁满心恐惧。他浮出水面时，已经看不到儿子的踪影。他用立姿游了一圈，看到妻子从岸边冲过来。这时，他感觉一只手擦过脚边，便马上伸出左手探寻，但指尖只碰到了儿子的头发。

妻子已经濒临崩溃，她一边猛力划水，一边狂叫着，惨叫声响遍寂寥的海边。安藤明明感到儿子就在附近，但就是无法抓住他的手。他再次潜入海中，努力地寻找，最后还是徒劳无功。儿子就这样永远消失了，不知道漂到什么地方，连尸体也没有浮上来，只在安藤左手无名指的结婚戒指上留下几根头发……

前面平交道的栅栏终于升起来，安藤掩住嘴巴，偷偷地啜泣。出租车司机似乎已经发现安藤的异样，偶尔盯着后视镜看。

在崩溃之前，要赶快恢复情绪！安藤不断在心中告诫自己，一个人躺在床上怎么哭都无所谓，可不能大白天在这种地方发神经。他试图将自己的情绪拉回现实，冷不防，脑中竟出现高野舞的脸孔。穿着素色衣服的高野舞拿着汤匙将水果圣代往嘴里送，吃完后，她用纸巾擦拭嘴巴，站起身来……

儿子死后，安藤一直和妻子分居，没再对其他女性产生幻想，甚至连活下去的意志都渐渐变得薄弱。但一想到高野舞，他便感觉眼前出现光亮。他对高野舞有性幻想，她似乎具有把他从悲伤中拯救出来的神奇力量。

出租车越过平交道向前驶去，高野舞的身影也在安藤的脑海中不断闪动……

9

高野舞在小田急线的相模大野下车后，站在马路上犹豫着要往哪个方向转弯。两个星期前的夜晚，她走过同样的路线，如今却完全失去方向感。她身上带着龙司老家的电话，找不到时可以打电话给他的家人。可是，如果真让龙司的母亲出来迎接，高野舞会觉得很惶恐。因此她决定再试试看。只有十分钟的路程，没什么大不了的。

此时，高野舞的脑海中突然浮现安藤的脸，她与安藤约好这个星期五一起吃晚饭，现在对一时口快的应允感到后悔。对她而言，安藤是龙司的朋友，如果能从他那里问出龙司学生时代的一些事情，或许可以了解龙司令人难解的思想，进而得到一些启示。不过，安藤如果抱着与她交往的想法，那以后可能有麻烦。

高野舞进入大学后，知道了男人和女人追求的东西完全不一样，她尽量和朋友保持良好的关系，只给予彼此知性的刺激。异性朋友一旦成为男友，往往会将关心的重点慢慢往下半身发展，只有事先拒绝一个办法。然而，高野舞想看到男人将耻辱化为力量、勇敢站起来的姿态。那种永远无法成长、像小孩子一般幼稚的男人，无法与她建立深厚的友情。

唯一与高野舞亲近的男性是高山龙司，在她的眼中，男人看起来都很幼稚，唯独高山龙司是特别的。他们给予彼此的有形与无形的东西无法估量，如果和安藤交往的情形也能与此相同，那么这类邀约吃饭的事情她每次都会答应。可是，高野舞从经验中得知，这样的几率很低，在日本遇到龙司这种男人的机会几乎等于零。

以前高野舞曾经在龙司讲述遗传因子工程技术时，听他谈到安藤的名字。她不了解 DNA 和遗传因子有什么不同，误以为是同样的东西。龙司于是将 DNA 解释成一种含有遗传情报的化学物质的名称，遗传因子则是无数遗传情报中的一个单位。更进一步说，遗传因子工程技术是使用限制性酶将 DNA 切成细细的碎片，再加以整合的技术。高野舞将这种处理方式形容成拼图，龙司赞同她的说法，并且加了一句："是拼图，也是破译密码。"

之后龙司将话题转向其他方向，提到学生时代的各种插曲。那时，大家知道 DNA 的处理技术中有解读暗号的要素，顿时兴起一股玩暗号游戏的风气。龙司以生动有趣的方式将学生时代的趣事说给高野舞听。

当时，有不少人对分子生物学感兴趣，在龙司的引导下，参加暗号游戏的人增加到十个左右。游戏的规则很简单，由其中一人出题，其他人要在期限内解读出暗号，题目内容包括数学及逻辑学方面的知识。很快，医学院学生都开始热衷暗号游戏。根据出题者的能力，题目的难度也不尽相同。龙司几乎可以解读出每一道题目，但他出的题目只有安藤满男解得出来。龙司也对高野舞说了自己出的题目被安藤解读出来的感受：“当时觉得自己的内心好像被人读取一般，不寒而栗……”

于是，“安藤满男”这个名字就这样深植在高野舞的心中。当她在监察医务院在刑警的介绍下认识安藤时，不禁吓了一跳。但她觉得这个唯一能解出龙司题目的人应该靠得住，只要这个人亲自解剖，一定可以将龙司的遗体修复得和以前一样，还能找出他的死因。

如果不曾从龙司的口中听到安藤的名字，她又没有对龙司的死因存疑，就不会打电话到安藤任职的监察医务院，也不会答应和他在大学里见面，当然更不会有相约吃饭的事情。龙司无意间透漏出的一句话，竟让高野舞感觉自己被一种无形的锁链束缚住了。

她从大马路转到错综复杂的住宅区入口，一眼就看到便利店的招牌。她看过这个招牌，走到这里就不会迷路了。在便利店那儿转个弯，就到了高山龙司的老家，她不禁加快脚步。

高山龙司的老家约有一百坪，并没有什么特别之处。高野舞想起那时在这儿通宵的场景，在她的记忆中，这个房子的一楼应该有一间十五叠大的起居室，它与八叠大的和室相连。

高野舞一按下门铃，龙司的母亲立即出现在门口，将她带到二楼的房间。龙司从小学到大学二年级都住在这儿，到了大学三年级，龙司离开老家在大学附近租了房子，此后，这个房间只有在龙司回老家时当书房使用。

龙司的母亲把蛋糕和咖啡放在桌子上，便走出房间。她低垂着头，一脸忧虑地离开走廊，高野舞对她刚失去儿子的悲伤简直感同身受。她环顾房间，十六平方米大的和室内大约有四平方米的地方铺着地毯，上面放着书桌，书柜靠着墙壁，床上堆着杂乱的纸箱和电器。高野舞约略数了一下，屋里大概有二十几个纸箱，这些东西是在龙司死后从东中野的住处搬过来的。床和桌子等大型家具已经处理掉，这些主要是书和物品。她一面叹气，一面在榻榻米上坐下来，喝了一口咖啡，心里盘算着：如果找不到原稿的话，就得放弃了。

高野舞脱下毛线衣，卷起袖子，试着打开最前面一个纸箱，里面大都是文学书。她不由得拿起几册书，其中一册是她送的礼物，书页上还残留着龙司东中野住处的味道，让人顿时生起一股怀念之情。她忍住即将夺眶而出的眼泪，振奋一下精神，把东西统统拿出来，但最底层并没有看见稿纸。

高野舞不断拆开封条，将书拿出拿进，寻找原稿。渐渐地，她背上渗出一层薄薄的汗水。整理过三箱东西之后，她停下来，思索着论文缺页的部分可能是龙司用自己的语言书写的，因此被她忽略了。

关于难解的逻辑符号学思想，他已经在专业杂志上发表过单篇文章了。这次的论文不具有专业性质，描写科学或社会等问题，读者属于大众阶层，并不难理解，出版社采取月刊连载的方式刊登。高野舞曾出席如何将之编成文章的讨论会。她将文章的理论和内容牢牢记在脑中。仅仅缺失一两张，在不影响文章前后逻辑的情况下，应该没什么大不了。

月刊一次连载的字数通常是四十张四百字稿纸，大致在三十七到四十三张稿纸之间。高野舞在守灵夜溜出现场，来到龙司的公寓整理原稿时，只发现三十八张写好的手稿，上面的页数恰好记到三十八页，一张都没有少，照理说应该不会掉页。

前些日子，她忙着处理丧葬事宜，耽误了誊写的事，到了要交稿的时候，才将原稿重新看过一次，结果发现最后一页和前一页之间好像有缺漏。虽然稿纸上三十七与三十八页的页码是连续的，可是重要的结论不太完整，导致这篇文章的理论不太通顺。第三十七页的最后两行被龙司用钢笔画掉，在那里画个箭头朝向左上方，但是下一页没有记录那个箭头到底代表什么，也没有加入其他内容。高野舞惊慌失措地从头反复阅读，越读越觉得这篇文章有些不对劲，结论的部分被切断，而且结束得十分唐突。她努力检查整篇文章的脉络，终于发觉有几个重要的地方漏掉了。眼看着这份十二章、共计五百张稿纸的论文即将出单行本，却在关键时刻出了问题，于是她赶紧打电话到龙司老家，简短地说明了情况，希望到那儿找找看。

现在，她站在堆积如山的纸箱前面，终于哭了出来。为什么龙司会死呢？他写完连载的最后一回，便断了气，这样的巧合实在令人难以接受——请你赶快现身，告诉我漏掉的原稿在哪儿。

高野舞拿起已经变凉的咖啡啜饮一口。她也想过要自己动手将缺漏的地方补齐，但这么做似乎是对龙司的大不敬。她对自己说，无论如何都要将原稿找出来，接着便打开下一个纸箱。

现在是下午四点多，向东的书房渐渐暗了下来，高野舞起身打开电灯。一进入十一月，白天逐渐变短，她顺手拉上窗帘——她一直觉得仿佛有人在窗外偷窥。

她已经检查完大部分纸箱，但还没有发现原稿。

突然间，她听到胸腔内传出激烈的跳动声，便立即停手，像猫一样拱起背来，等待心悸的感觉过去。她从来没有过这种体验，不禁用手摸着左胸，思考为什么出现这种症状。难道是因为弄丢恩师的原稿而感到罪过吗？不，不是……这个房间里好像隐藏着什么东西，那和刚才窗外的视线截然不同。

高野舞感觉一股冰冷的触感抚摸着自己的后脑和脖颈，一抹凌厉的视线朝她斜射过来。她迅速转头往后看，只见一件粉红色毛线衣挂在箱子上，那是她脱下来挂上去的，毛线之间的细小缝隙反射着房间的光线，宛若目光在闪烁。

高野舞拿下毛线衣，里面赫然出现一部录像机。黑色外壳的录像机上卷着电线，放在纸箱上方。旁边没有电视机，当然也没有连接的配线。

这一定是放在老师房间的东西，和书籍一起被搬运到这个书房的。高野舞害怕地伸手去碰触录像机的边缘，电源线团团卷住机身，先前挂毛衣时，录像机就在这儿吗？然而她的记忆很模糊。

高野舞注视了录像机大约一分钟之久，将原稿的事情完全抛在了脑后。

“龙司真的没有和你说什么吗？譬如录像带之类的……”龙司死亡次日，浅川和行说的话仍留在她的脑海中。她解开缠绕在外壳上的电源线，拿着电源前端寻找插座，终于发现桌子底下有一条延长线，于是将电源线插上。录像机上四个“○”一齐忽明忽暗，犹如死人将要起死回生。

高野舞伸出右手食指，在录像机前面反复游移了好几次，不知从哪里传来一个警告声，叫她不要摸。但她不顾一切地按下退出键，黑色录像机像是一边眯眼睛，一边吐出黑色舌头般，退出一盘录像带，背面的卷标上写着：

莱瑟·米里尼、法兰克·辛纳屈、沙米·迪贝斯·JR，1989

退出来的录像带好似巨大的舌头。录像机慢慢转动着，像做着轻蔑的鬼脸一样。

高野舞用手抓住“黑色舌头”，将它拿出来。

10

品川济生医院已经近在眼前，安藤坐的出租车被响着警笛的救护车追过去。在狭窄的单行道上，为了让救护车先通过，出租车必须倒车，因此安藤决定在这里下车。

耸立在眼前的十一层建筑就是品川济生医院，安藤从商店街向医院的正门走去。在新馆和旧馆之间，他看到刚才的救护车开进来。红色灯光照在医院的墙壁上，警笛声赫然停止，晴朗的天空下顿时出现一个寂静无声的空间。

安藤经过救护车旁，看到红色灯光慢慢熄灭，警笛声也消失了。应该有急救人员冲过来打开车门，放下担架，可是什么事都没有发生。他停下脚步观望着，十秒……二十秒……车后门依旧没有开启，四周一片寂静。到了三十秒时，现场的空气仿佛冰冻一般，医院里仍然没有救护人员跑出来。

安藤开始往前走，突然有个人像弹簧一般冲过来，打开救护车的后车门，和车内的急救人员联手放下担架。担架倾斜了一下，脸上戴着氧气罩的患者与一旁的安藤一瞬间四目交接。患者弯曲着身子，仿佛要让安藤看他的侧腹，但马上停止了动作，他的眼睛已经失去了生气。安藤不止一次见过患者的临终场面，但今天还是第一次碰到这种突发状况。他突然有一种不祥的预感，慌忙把目光移开。

近来，安藤时常从一些小事上看出特别的含义，不管是在土墙上看到的蛇，还是偶然碰上的死亡场面，都令他不寒而栗。他以前认为那些相信不祥事物或占星术、无法随心所欲的人是笨蛋，十分轻视他们。不料，他现在已经变成这些人的同类。

品川济生医院是S大学附属的综合医院，担任接待的和田医生正是S大学派来的。可能仓桥一芳先用电话联络过，安藤告知来访目的之后，随即被安排到西病房大楼的七楼。

安藤偷看一眼横躺在床上的浅川，突然想起刚才见到的急诊患者，他们两人的眼睛都露出空洞的眼神。浅川的手腕上注射着两种点滴，望着天花板，一动也不动。不管他以前的容貌如何，现在脸颊看起来十分瘦削，一多半的短须都变白了。

安藤走到床边，小声地呼唤道："浅川先生。"

浅川没有回答。安藤抬头看一下和田医生的脸色，才把手放在浅川的肩膀上。浅川浴衣下的肌肤缺乏弹性，肩胛骨的触感直接传到他的手上，他不由得把手拿起来，但浅川还是没有反应。

"他一直是这个样子吗？"安藤离开浅川的病床，问和田医生。

"是的，一直都是如此。"和田医生面无表情地回答。上个月二十一日，浅川因交通事故被送来医院，至今已过了十五天，他一直不说、不哭、不生气、不进食，也没有排便。

"医生，你认为这是什么原因造成的？"安藤很有礼貌地询问。

"我想，可能是交通事故导致脑部受到外伤。不过，检查的结果并没有什么异常，可能是内因吧。"

"你是指精神上的刺激。"

"有可能。"

浅川同时失去妻子和女儿，才精神崩溃。真的只是这个原因吗？安藤一直对此事耿耿于怀，他看过事故现场照片，可以在脑海中勾勒出浅川发生交通事故时的情景。而且，他总会不由自主地想着副驾驶座。浅川究竟为了什么要运送那部录像机，他要运到什么地方呢？

安藤拉了把椅子坐下来，盯着沉浸在梦中世界的浅川好半晌，试着想象他在另一个虚幻世界的景象。现实世界和幻想的世界，到底哪一个比较幸福呢？在幻想的世界中，浅川的妻女一定还活在世上，说不定这会儿他正抱着女儿一起嬉闹玩耍。

“浅川先生。”安藤怀着同是伤心人的心境，呼唤着浅川的名字。听说浅川和龙司是高中同班同学，他应该比安藤小两岁。但是躺在病床上的男人怎么看都像六十多岁了。悲伤的确会使人急速老化，安藤这一年来就老了很多。

“浅川先生……”安藤再次呼唤道，和田医生忍不住打断：“这样是没有用的。”

正如和田医生所说，不管安藤怎么呼唤，浅川还是一点反应也没有。安藤站起来问道：“他有没有可能恢复？”

和田医生轻轻地举起双手。“只有神才知道。”这种病人通常会没有征兆地好转或恶化，很多情形是医学上无法预测的。

“如果他有什么变化，请立刻通知我。”

“我知道了。”

安藤与和田医生相继走出病房。浅川的脸上没有任何表情，用死人一般呆滞的眼神盯着天花板。

11

高野舞将座椅的椅背完全放倒，整个人躺上去仰望着天花板。她任由刚洗的头发散落开来，闭起眼睛。

这间单人房相当狭小，连浴室、小厨房在内还不到十平方米，整面墙壁被书柜占据，没有空余的位置摆床或桌子，因此她睡觉时，只得将吃饭用的矮桌子移到旁边，在空出的地方铺上棉被。高野舞用家中寄来的生活费和当家教赚来的微薄收入在学校附近租了房子。她选择房间的三个要素是：到学校时间短，房子带有浴室和厕所，能确保个人隐私。尽管她用一半的生活费支付房租，也知道这种价位可以在郊外租到更宽敞的房间，但仍然不打算搬家。房间虽小，但是可以随手拿到想要的东西，十分方便。

高野舞闭着眼睛，伸手摸索 CD 音响的开关，播放自己喜欢的歌曲。她配合着歌曲，双手在两腿上打节拍。她在初中和高中时代曾经在短跑项目上很活跃，腿部肌肉的硬度胜过柔软，线条非常优美。高野舞配合音乐调整呼吸，祈求脑筋灵活运转，完成原稿的最后部分。一想到今晚不知能不能将原稿完成，她的情绪就变得十分混乱。

高野舞已经约了 S 书房的编辑——木村先生明天下午见面，将誊好的原稿交给他。然而她仍想不出最后的结论该如何下笔。今天她去龙司的老家，依旧没有找到遗失的原稿。说不定龙司还没有写完就过世了。

稿纸上的语句一直呈现停顿状态，她一行也加不上去，不停地写下又撕毁。于是她想去冲澡，转换一下心情。

突然间，她大脑中闪过灵感，睁开眼睛坐了起来，将椅背调回垂直状态。

为了填补原稿的空白，她一直以自己的语言去思考，因此觉得很辛苦。以高山龙司那种飞跃的思想来推敲文章的走向不太可能，所以要让前后内容连贯，只能删除文章中某些部分。这么做，龙司一定会很高兴，比随意篡改和扭曲原来的意思要好得多。

一想到解决的对策，高野舞的心情犹如雨过天晴。就在这一瞬间，她的视线扫到一盘录像带，那是她从龙司老家偷偷带回来的。她无形中被这盘录像带深深吸引，根本不记得是什么时候将它拿出来的。光看背面的标题，就知道这和龙司欣赏的音乐类型完全不同。龙司几乎不听音乐，偶尔为之，也都是听古典音乐，而且，卷标上的笔迹明显不是龙司的。

高野舞席地而坐，将录像带放入录像机内，选好频道，按下播放键。录像机随即发出转动声，她慌忙按下暂停键，心里有一丝犹豫：如果这盘录像带的内容是不能随便看的，该怎么办？但依然无法战胜好奇心的驱使，解除了暂停。荧屏上陡然出现一连串跳动的画面和杂音，不久，影像仿佛墨水流下一般跃入她的眼帘……

无法回头了！高野舞直直地盯着电视，影像和录像带背面的标题截然不同，是意义不明的连续画面。看完后，她突然感到一阵恶心，急忙跑进浴室。她很后悔自己没在中途关掉开关。

然而这盘录像带好像有一股令人难以抵抗的魔力，让她无法按下停止键。

高野舞全身冒出冷汗，身体微微地颤抖，她感觉胃部有东西，一直从喉咙往上蹿升。她很想将那些东西吐出来，于是把手指伸进喉咙里催吐，但只吐出一点食物，胃液也跟着呕出来，眼泪流个不停。

她浑身瘫软地跪在地上，意识逐渐变得模糊……

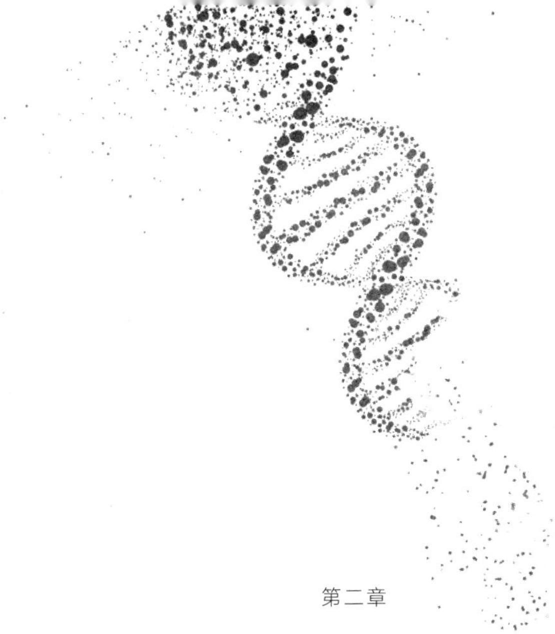

第二章

CHAPTER 02

失踪

1

约定的时间已经超过了十五分钟，安藤有些不耐烦了，他拿出记事本再次确认时间：十一月九日星期五下午六点，在涩谷国铁车站西出口的忠犬八公像前。

安藤在附近绕了一圈，每当看到和高野舞年纪相仿的女孩，他都走近瞄一下她的脸。转眼间又过了三十分钟，安藤找了一个公共电话打到高野舞家。电话连续响了十声，但是没有人接听。

什么事情让她耽搁了呢？她应该正朝这边走来吧？安藤一边想，一边将话筒放回去。他看着手表上的指针滴滴答答地向前走，快过去一个小时了，却仍旧不见高野舞的踪影。

一旦超过一个钟头，我就放弃不等她了。安藤有好一段时间没和女性约会，早已忘记自己的耐心有多少。他倒是从来没有过痴痴等待女性的经历。以前他和妻子约会时，妻子一向很准时，不曾让他等过。

早已过了一个钟头，但是安藤无法举步离开那个地方，他不想放弃一线希望，不停地在心中对自己说："再等她五分钟。"

这个礼拜，安藤无时无刻不在期待今天这次约会，他绝不轻言放弃。

最后，他在涩谷的人群中站了一个小时又三十三分，依然没看到高野舞的人影。

安藤进入饭店，一边往大厅走去，一边寻找欢送会的会场。他先前已经推掉这场欢送会，但高野舞失约，他便没有缺席的理由了。在天气微凉的季节里，安藤宁愿待在涩谷车站，沉浸在年轻人的热情当中，也不想回到那间寂寞的房子里。基于补偿自己的心理，他觉得偶尔和朋友一起喧闹一下也不错，因此来参加欢送会。

欢送会即将结束，熟识的朋友正三五成群地聚在一起，讨论继续参加二次会的事情。一次会结束时，教授们大都先回去了，想和朋友尽兴谈话就得续摊。安藤很快便融入现场的气氛，加入谈话行列。

宫下最先注意到安藤，他走上前，将手搭在安藤肩上。"咦？你不是有约会吗？"

"被放鸽子了。"安藤故意用满不在乎的语调说。

"那真是可惜。嗯……你到这边来一下。"宫下拉着安藤的袖口走到门后，没再探讨他被女人放鸽子的事。

"怎么啦？"安藤惊讶地问道。宫下要开口说话的时候，第二内科的安川教授正好经过身旁，于是宫下迅速附在安藤的耳边说：

“你也参加二次会吧？”

“应该会。”

“好，到时候我有话和你说。”宫下只说了这些，便跟在安川教授身后离开了。接着，他感谢教授们前来参加欢送会，圆滚滚的脸上充满笑容。

安藤站在门边，等候宫下和安川教授说完话。好几张熟识的面孔从身边经过，但只是打个招呼，没有人走过来和他聊天。自从去年儿子落海死亡之后，安藤的朋友越来越少了。他知道是自己不对。朋友们尽量想办法安抚他的情绪，然而他一味地沉浸在悲伤中，无法振作起来。不久，朋友们一个个离他而去，当他警觉到时，只剩宫下这个朋友了。宫下不管安藤多么悲哀，仍然嘻嘻哈哈地对他开玩笑，变成唯一的开心果。安藤只有与他接触时，才能暂时忘却心中的悲伤。

这一年半以来，安藤几乎没有开朗地笑过。高野舞看到他愁眉不展的表情，当然不会有兴趣和他一起吃饭。他觉得自己的境遇非常悲惨。一年半以前，他还是个充满自信、前途光明的男人，夫妻美满，有个可爱的儿子，住在南青山的高级大厦，开着全皮座椅的豪华宝马车，将来会升任院长……但仔细一想，那些都是以妻子或岳父的名义得来的，稍微不小心就会从手中滑落。

见宫下和安川教授的谈话一时无法结束，安藤便在大厅中央逛了一下，不经意地看到前面并排着两个公共电话，于是他拿出电话卡往那边走去，想打给高野舞。

电话响到第八声，安藤将话筒放回去，然后若无其事地看着手表。现在快九点了，离约定的时间过了三个小时，高野舞还没有到家。她到底去哪里了？

此时，宫下已经结束谈话，对安川教授深深一鞠躬，然后离开。安藤从后面走到宫下身旁。

“对不起，让你久等了。”宫下以一种有别于安川教授的圆滑语气说道。

“没关系。”

接着，宫下从口袋里掏出一张纸交给安藤。“这是二次会的地点。你应该知道这家三丁目的店吧。能不能先过去？我要在这里整理一下。”

安藤抓住挥着手准备离去的宫下。“喂，等一下。”

“什么事？”

“你刚才说有事要和我说，到底是什么？”

宫下舔了舔嘴唇，张开红润而有光泽的双唇：“我发现了。”

“发现什么东西？”

“病毒呀！”

“病毒？”

“今天下午，横滨的Y大学打电话来……你还记得Y大学解剖过一对年轻男女的尸体吗？”

“啊，就是在车上同时发生心肌梗塞的那对年轻男女。”

“是的，从那两人的病变部位发现了同一类型的病毒。”

“到底是什么病毒？”

宫下的嘴角下垂，叹了一口气说：“天花病毒。”

安藤一听，顿时哑口无言。

“不愧是关教授，他真是太厉害了，只看见咽喉部位的溃疡，就可以判断出是天花病毒。”

“真是难以置信……”安藤不禁自言自语。

“最令人不可思议的是，龙司的组织标本上也发现了相同的病毒。如果不是亲眼看到当时的情形，我根本不愿相信。”宫下喝了些酒，此时脸颊有些泛红，露出兴奋的模样。然而安藤的思绪已经飞到高野舞那边去了，他有一股不祥的预感，他将高野舞的未归和发现酷似天花的病毒联想在一起。在龙司身上发生的事情，会不会也发生在高野舞的身上呢？——说不定已经发生了。

饭店的大厅里有一群喝醉酒的人大声喧哗，其中似乎夹杂着幼儿的笑声。安藤顿觉诡异，四处察看，却看不到小孩的踪影。

2

11 月 14 日　星期三

安藤到 K 大学本部的文学部哲学系研究室拜访，他向教授和正式教师询问高野舞最近的情况，结果老师一致回答，这个星期没有看到高野舞来上课。在女学生很少的哲学系里面，高野舞就像系花一般，只要她一缺席，马上就会引起注意。

上周五被高野舞放鸽子以后，安藤每天都打两三次电话到她的住处，可是没有人接听。原本安藤心想，高野舞说不定待在男朋友的住处，不过拜访过哲学系研究室之后，他开始觉得不安。随后他又拜访了教务处，跟教务主任说明原委，从学生名册中找到了高野舞的户籍：静冈县盘田郡丰田町，搭乘新干线的话，从东京出发要花上两三个钟头。安藤将她家的电话号码和地址抄下来。

安藤回到家里，按照学生手册上的电话号码一拨，接电话的是高野舞的母亲。安藤表明自己的身份，对方顿时不知如何回答。她一听到女儿学校里的医学院讲师打电话来，顿时吓了一跳：该不是通知阿舞生病的坏消息吧？

K 大学的学生可以免费接受医学院附属医院的诊疗，因此高野舞的母亲这么想。她每个月至少和高野舞联络两三次，虽然有时候高野舞凑巧不在，不过可以肯定，这三个星期，她都没有听到女儿的声音。安藤从高野舞母亲的声音中察觉到她心中的疑问。

“是吗？上个星期我打电话的时候，我女儿不在家。”

听完她母亲的话，安藤不禁皱紧眉头。

“啊，但是半年前也发生过这种情形，我们两个总是没找对时机打电话，将近两个月没听到她的消息。”

尽管安藤有些按捺不住，但仍不能对高野舞的母亲说得太明白。昨天从龙司的组织标本上找到与横滨 Y 大学解剖的尸体中相同的病毒，现在刚开始分析到底经由什么途径感染病毒，因此还不能对媒体公开。

“很抱歉，请问您女儿常常在外面过夜吗？”

“不会。”高野舞的母亲很肯定地回答。

“你记得上星期打电话的准确时间吗？”

她想了一下才回答：“星期二。”

“星期二……”今天是星期三，都过了一周了。

“她会不会一个人出外旅行？”

“不可能。”高野舞的母亲再次肯定地回答，安藤不禁想听听理由。

“那个孩子不会给家里增加负担，她一直靠着当家教来赚取生活费用。我想，她不可能有多余的钱出去旅行一个多星期。”

她上个星期五无故爽约，也没有再和安藤联络。如果那个约会让她觉得很勉强，大可以在前一天打电话来取消，但是她没有，一定是碰上什么严重的情况，让她没办法联络自己。龙司猝死时的现场照片顿时浮现在安藤的脑海中，挥之不去。

“如果可以，明天可否请您来东京一趟？”安藤紧握着话筒，低下头去。

“你突然对我讲这些，让我非常困惑……”高野舞的母亲陷入沉默，过了一会儿才说，“我到东京怎么做才好呢？去报警处理吗？”

“先到她的房子看看再说，我也一起去。至于报警……之后决定吧。”安藤嘴里这么说，但私底下觉得还不用报警。

“真麻烦呢，明天……”

高野舞的母亲无法立刻做出决定。安藤见她犹豫不决，立刻开口说道：“这样好了，明天我一个人去高野小姐的房间，管理员应该在那里吧？”

“嗯，应该在，搬家的时候我和他打过招呼。”

“能不能麻烦您先打电话给管理员？就说我安藤满男在明天下午两点到三点之间去那边，然后在管理员陪同下，让我进去看看高野小姐的房间。”

“好的。”

“那就麻烦您了。如果由我出面，管理员一定不会把钥匙交给我。”

“知道了，我会打电话先和管理员说一声。”

“一切拜托您了，有事的话再联络。”安藤正想挂断电话时，对面又传来声音：“那、那……”

“什么？”

“如果您碰到我女儿，请她尽快打个电话回家。”

唉……她还是不了解事情的严重性。安藤带着复杂的心情挂上话筒。

3

安藤走出车站的检票口，一边看着记事本上写的住址，一边在地图上寻找公寓的地点。在午后的阳光下，一个身穿鲜艳的橘色和服的小女孩穿着草鞋，一蹦一跳地走着，她紧紧握住母亲的手，看起来很可爱。安藤和她们擦身而过，仍频频回头看着这对母女。

他想象小女孩长大之后的模样。再过十五年，她应该就会长成像高野舞一样的美人吧。

不一会儿，他停在商店街前面，对面一栋七层楼公寓就是了。建筑物的外观很雅致，但想象得到内部房间十分狭窄。业主为了降低房租吸引房客，增加了房间数量。

安藤绕到正面按了管理室的门铃，一位中年管理员马上打开柜台上的小窗，探出头来。安藤报上名字，说道:“不好意思，我是受高野小姐的母亲之托来的。”

闻言，管理员拿着一串钥匙从管理室走出来。

“麻烦你了。”

“不、不，老师也辛苦了，这位高野小姐真是麻烦……”

不知道他从高野舞的母亲那里听到了什么，安藤只是应付地点点头，跟在他身后。电梯门前的一面墙上有一排公寓房客的信箱，其中有个信箱里挤出好几份报纸来。安藤上前一看，正如所想，信箱上写着“高野”两字。

“啊……这是高野小姐的信箱，很少有这种情形呢。”

安藤将塞在信箱中的报纸全部拿出来，一份一份地确认日期，最早的是十一月八日星期四的早报，从那天算起，今天是第七天，她在这七天里没有将报纸拿走。根据高野舞的母亲所说，她不可能在外面过夜。或许她正在房间里，处于无法下楼拿报纸的状态……

“可以走了吗？”管理员不停地催促。

“走吧。”安藤尾随管理员走进电梯。一上三楼，两人停在高野舞住的三〇三室前，管理员从钥匙串中取出一把，对着锁孔插进去。安藤从门边移开身体，十分后悔自己没将手术用的塑料手套带来——置龙司于死地的病毒是经由空气传染的？还是像艾滋病一样，非常不容易感染呢？虽然我对人生没有留恋，但至少在解开这件事的真相之前，还不想那么快就死去。

走廊上响起管理员打开房门的声音，安藤后退一步，将全部精神集中在嗅觉上。在十一月中旬，尸体很容易腐烂。安藤自恃闻惯了尸体的臭味，即使眼前出现最糟的情况，他相信自己也能控制住逃走的冲动。

房门一打开，门缝中顿时吹出一阵凉风，大概是阳台上的窗户没有关上。安藤战战兢兢地吸着气，空气中并没有尸臭味。他深呼吸了几次，还是没有嗅到腐烂的气味。他站稳脚步，双手扶在走廊的墙壁上，支撑住身体。

“请进。”管理员站在门内，招呼安藤进去。安藤站在玄关处，将屋里的所有设备扫视一圈。确定高野舞没在房内，他不禁松了一口气，脱下鞋子走进里面。

“她究竟跑哪儿去了？”管理员在安藤的背后念叨。尽管情况并没有想的那么糟，但是安藤胸腔内的心脏仍不安地跳个不停。他觉得房子里面充满一股奇异的苦闷气氛，但说不出是从何处散发的。从眼前的情况推断，高野舞这个星期都没有回来。

玄关旁边是洗手间，安藤将门打开一道小缝，确认里面没有半个人影，再次将视线移回屋里。在这个狭窄的房间内，到处可见高野舞巧妙利用空间的地方。棉被整齐地叠放在角落，中间摆放着一张冬天可以做暖炉的矮桌子，书柜靠着墙壁，旁边则紧邻电视机。至于其他的电器用品，也都是她在深思熟虑后才购买的。每样东西都有收纳场所，一切的设备和家具都安排得恰到好处。矮桌子上散放着稿纸，写过不用的稿纸就拿来当咖啡杯垫，茶杯里还残留着四分之一的牛奶。矮桌子前面有一张企鹅图案的椅子在摇动，放着折好的睡衣，以及一团卷起来的内衣和内裤。这就是女孩子住的房间。

安藤从刚才就一直觉得胸有点闷，心脏激烈地跳动着。当他看到高野舞的内衣裤时，终于了解为何会这样了。或许这就是偷窥狂要偷看女人的房间的原因吧？

“老师，怎么样？”管理员站在玄关催促着，他没有脱掉鞋子，也没有要走进房间的打算。

安藤默默地走到小厨房前，这里的地板上铺了一层厚厚的地毯，踩在上面有种快要陷下去的感觉。往上一看，十瓦的灯仍然亮着，先前由于照射进来的日光，一直没有注意到灯没关。流理台上放着两个杯子，安藤伸手拧开水龙头，流出来的是温水。他将荧光灯上垂下来的绳子一拉，电灯立刻熄灭，他马上起了一阵鸡皮疙瘩。他到处张望，没有发现任何可以说明高野舞行踪的物品。

“走吧。”安藤穿上鞋子，走出房间，背后响起管理员关门的声音。

等电梯的时候，安藤的脑海里闪过今年夏天，他解剖一位在自己家里被绞杀的年轻女子尸体的情景。安藤知道她的死亡时间超过十个钟头，马上动手解剖尸体，赫然发现她的内脏器官仍保持与一般人相同的体温。人类一旦死亡，平均每过一个钟头，体温就下降一摄氏度，当然也会因气候或场所而不同。但是经过十个钟头，体温竟然完全没有改变，真是太稀奇了。

电梯抵达三楼，电梯门在面前打开了。

“请等一下。”安藤还无法释怀，仿佛不想离开这个地方。刚才他觉得房间里弥漫着一股奇异的气息，但无法判断究竟哪里不对劲，现在终于恍然大悟，这和他解剖一具死亡好几个钟头、内脏却有余温的尸体的感觉相同。

安藤停在原地不动，管理员也不好离开。“不搭电梯吗？”

安藤不回答，反问管理员：“这一个星期都没有看到高野小姐吗？”

这时电梯门又关闭了，往一楼下降。

“没有，你不是也……”

连管理员也没有看到她。高野舞在学校从不缺席，但已经一个多星期没有上课，好几次打电话去她家也没有人接。而且，一个星期的报纸塞满信箱，任谁看到这种情况，都很清楚她上星期四之后就不在房间里了。但是，那并不是主人一个星期不在家的感觉，里面似乎还残留着余温，并不是指室内的温度，而是在不久前还有谁待在那个房间里，留下了温度。

“我想再回那个房间看看。”安藤对管理员说。管理员一听，先是露出极为吃惊的表情，接着一脸困惑，然后转成害怕的神色。

“你要走的时候，把钥匙拿到管理室来给我就可以了。”管理员将钥匙串交给安藤，摆明不想再奉陪了。其实安藤很想问问管理员对那个房间的印象，又怕对方说不出个所以然，何况那份微妙的感觉不是三言两语可以表达的。

“请你把钥匙借我一下。”

安藤再次回到三〇三室，他脱下鞋子，走到窗边打开窗户，将窗帘全部拉开来。过了下午三点，向南的窗户有阳光斜射进来。安藤沐浴在阳光下，再次环视四周。房间里的气氛既不属于女性，也不属于男性，如果没有那张企鹅图案的椅子，根本无从判断这是女人还是男人的房间。

他坐在椅子上，拿起高野舞的内衣裤，凑到鼻子前闻闻它的味道，接着拿开一会儿，又拿到鼻子边。牛奶的味道……儿子学走路的时候，他穿的内衣裤也是这种味道。

安藤将内衣裤放回原处，然后转了半圈，刚好看到电视机底下的录像机亮着红色警示灯，电源似乎没有关掉。他按下退带按钮，一盘录像带立刻从插口退出来。白色卷标上写着标题：“莱瑟·米里尼、法兰克·辛那屈、沙米·迪贝斯·JR，1989”。这些用粗笔写的潦草字体并不是女人的笔迹。安藤拿出录像带一看，已经倒完带，他仔细端详一番，又推到录像机里面。这一连串的事件会不会都和这盘录像带有关联？安藤曾经从高野舞那里听到浅川和行的小插曲。浅川发生交通事故的时候，副驾驶座上也放着一部录像机。

安藤按下放映的按钮，过了两三秒的空白，荧屏上出现黑色的影像，有如将墨汁倒在黏度很高的液体上搅拌后的样子。不久，黑色画面上开始出现光点，一明一灭地左右飞舞，慢慢地膨胀起来。

一瞬间，他感觉全身很不舒服。

光点慢慢地变成某个形状，接着，影像转换成最近常常看到的一个广告。这个广告和刚才的画面形成强烈的明暗对比，颜色非常明亮，虽然只有数秒钟，但是可以让安藤放松，不再那么紧绷。录像带一次又一次地放映广告，安藤按下快进键，跳过广告。接下来出现的画面是天气预报，一个满脸笑容的女子指着天气图说明天气变化。安藤又继续快进，变成一个早间新闻的节目，手拿麦克风的播报员对着摄影机一边叙述，一边往后走去，似乎在报导某对演员夫妇离婚的消息。此后，无论安藤再怎么快进也看不到音乐节目，他不禁猜想：这带子该不会被人一录再录吧。

在观看的过程中，安藤渐渐感觉身体不再那么紧绷。他原以为如果录像带中不是法兰克·辛那屈和莱瑟·米里尼的演唱会，会是更可怕的画面呢。早间新闻的节目播完后，又开始重播时代剧。安藤按下停止键，再按倒回，他想再看一次天气预报。回到天气预报的画面，一个悦耳的女声响起："让我们来看看十一月十三日星期二的天气概况……"

安藤马上按下停止键，让画面暂停不动。十一月十三日？今天是十一月十五日，这个节目是前天早上录下来的。到底是谁按下录像机按钮的呢？会不会高野舞前天早上曾经回到这里？但如此一来，累积在信箱里的报纸就无法解释了。

安藤打开电话答录机查询是否有留言记录。就在这时，他听到水滴的声音，便抬起头，往厨房的水龙头看过去，看不到有水滴落下来。于是他站起来，走到玄关旁边的洗手间。门开着一道细缝，安藤打开电灯，想把门全部打开，不料却碰到马桶，只能开到一半。

安藤勉强将上半身塞进洗手间，只见浴缸内侧有尼龙帘垂下来。他拉开帘子，看到天花板上有水滴滴下，浴缸里大概有十厘米深的积水，水面上出现旋涡状波纹，漂浮在上面的柔细发丝都缠绕在一起，伴随水纹旋转。

接着，他把脸靠近浴缸的内部，发现黑色的排水栓被拔掉了。排水管里可能有肥皂或头发，所以水流下去的速度变得很慢。他仔细地看着积水慢慢往下降，心中浮现一个疑问：到底是谁拔掉排水栓的？

他将一只脚伸进浴缸，犹豫地伸出手去摸水，感觉水温温的。有好几根毛发缠在他的手指上，和那时他用手握住死了十几个钟头的尸体的手一样，可以感觉到身体的温度。这间应该一个星期没人住的房间，仿佛在一个钟头前还有人在浴缸里洗过澡，然后让浴室的除湿机换气，又拔掉排水栓。

安藤急忙缩回手，在弄湿的裤子上擦一擦。突然间，他看到马桶旁边，垃圾桶里的卫生纸上有咖啡色的污点，好像是从胃里吐出来的东西，还可以看出尚未消化完的食物，很像胡萝卜。会不会是高野舞吐出来的？浴室太狭窄，安藤只能伸进去一只脚，他为了确认那些污点究竟是什么东西，便蹲下来，不料一个重心不稳，身体歪向一边，脸颊碰上了马桶。

这时，背后竟响起一阵细微的笑声。安藤忍住心中的恐惧不敢叫出来，一脸不知所措。那阵笑声并非幻觉。他感觉背后发出“呼呼呼”的声音，仿佛从地面冒出一株开花植物，发出一阵笑声似的。

安藤全身紧绷地待在原地不动，屏住气息。顷刻间，又有一声“哧……”的笑声传来。他很想回过头去，偏偏又动弹不得，不由得高声大喊：“管理员，是你在那里吗？”

慢慢把脚踏出浴室之际，安藤可以感觉到外面空气的流动，好像有什么东西在移动，触摸着他裤脚与袜子之间的皮肤。他吓得发出一声悲鸣，感觉背后有一个不知名的物体。同时，他听到浴缸里面发出水打着旋儿流下的咻咻声，以及头发和水一起流进排水管的声音。他终于忍受不了，开始发狂地喊叫，骂出一大堆毫无意义的字句，然后用膝盖踢向浴室的门，发出砰然巨响，最后转动按钮，让马桶的水流出来。

安藤鼓起勇气，用力支撑住上半身、挺起腰，以近乎直立的姿势试探背后的不明物体是否还在。他想甩头就走，但又感到背后仿佛有无数只蜘蛛上下爬动，全身顿时汗毛直竖。

他确定脚踝上没有触摸感，就马上转身往门口走去，一打开门，立刻头也不回地冲出走廊。由于用力过猛，肩膀重重地撞上墙壁，他忍着疼痛，看着门自动关上。

安藤急促地呼吸着，迅速往电梯走去，口袋里的钥匙串叮当作响。那个房间里面一定有什么奇怪的东西，不想再回到那儿去了。可是，屋里并没有什么空间可以躲藏。棉被与衣柜里都没有躲藏的地方，如果不是很小的生物，一定没有办法……

安藤的耳边一直有蚊子在飞，即使他一再用手挥开，蚊子还是飞来飞去。他突然觉得全身发冷，有气无力地咳嗽，不由自主地把两手插进口袋里。等了许久，电梯一直没有上来，他不耐烦地往上一看，电梯竟然还停在一楼，原来是忘记按下按钮了。他泄愤似的连续按了两三次，又把手插进口袋里……

4

“喂，你在想什么？”

被宫下这么一问，安藤只觉得大脑中一片空白。两个小时前发生的事情，让他感觉全身像是被大海啸席卷过一般无力，皮肤仍浮着一层鸡皮疙瘩。

“你到底有没有听我说话？”宫下显得有些不耐烦，再次大声叫道。

“啊……有啊。”安藤一副心不在焉的样子，语意不清地回答。

“到底是发生了什么事？你说说看嘛。”宫下从桌子下拉出一张圆椅子，跷起二郎腿，背往后一靠。还不到六点，窗外的天色开始慢慢变暗，法医学研究室里只有他们两人。安藤察看过高野舞的房间，心情一直无法平静下来，回到大学的研究室时，正好碰到宫下来讨论病毒的事情，他根本没有时间抚平激动的情绪。

“其实也没有什么事。”安藤不打算说出在高野舞房间的“体验”。即使他想说，也不知该怎么形容。这是一种非比寻常的经历，尤其当他不小心在浴室失去平衡，一头栽到马桶旁边时，真的感觉有个“东西”站在后面，还发出笑声。安藤自认不是胆小鬼，但那时他竟无法鼓起勇气回头一探究竟。

“你今天的脸色很不好哦。”宫下一边说，一边擦拭镜片。

“我最近都睡眠不足。”这并不是谎话，安藤最近时常在半夜醒来，睁大双眼盯着天花板看。

“那就好，之前问了你好几次，你也不说。”

“抱歉……”

“那我们可以继续先前的话题了吗？”

“请继续。”

“刚才说到在横滨 Y 大学解剖的两具尸体上发现的病毒……”

“是很像天花病毒的那种？”安藤插嘴问道。

“啊，就是那个。”

“外表很相似吗？”

宫下用手轻轻敲着桌面，直直地看着安藤的眼睛说：“你没有仔细听我刚才说的话吧？我装上 DNA 自动解析装置，分析新发现的病毒的碱基排列，然后再输入计算机里，结果你猜怎么样？它几乎和实验室里的天花病毒完全相同。”

“应该不会和天花完全相同吧？”安藤求证道。

“哦，大概有七成相同。”

“其余的三成呢？”

“你听了可不要吓一跳，其余的和指导酶合成的遗传因子的碱基排列顺序一致。”

“酶？哪一种生物？”

“人类。”

“不要开玩笑了！”

“你不相信也无所谓，但这是事实，它具有人类的蛋白质遗传因子，也就是说，目前发现的新病毒由天花的遗传因子和人类的遗传因子构成。”

天花应该是DNA病毒。如果是逆转录病毒，它包含人类的遗传因子也没什么好奇怪的，因为它携带逆转录酶。但是，平常没有逆转录酶的DNA病毒，是如何将人类的遗传因子纳入细胞核中的呢？安藤无法说明过程，而且在其中有些病毒是酶、有些病毒是蛋白质的情况下，切割得零零碎碎，包含着人类的遗传因子，就好像把人的身体分解成几十万个部分，由病毒各自分担和保存。

“龙司身上找到的病毒也有同样的情形吗？”

“我们终于谈到这个问题了。前几天，我们也从龙司冷冻保存的血液中发现类似的病毒。”

“也是天花和人类的混合部队？”

“大概是吧。”

“大概？”

“大致相同，但是可以看到一部分碱基排列重复出现。就好像金太郎的糖果，随便拿出任何一部分，就有大约四十个碱基排列重复出现。”

安藤一听，顿时说不出话来。

“不过，在横滨Y大学解剖的那两具尸体中并没有那些东西。”

“换句话说，从横滨那两具尸体上发现的病毒，和从龙司血液里发现的病毒有细微的不同？”

“应该是。两者十分相似，只有细微的不同。在其他大学传来的资料尚未齐全之前，不能肯定地下结论。”

这时，桌上的三部电话中，最里面的那一部响了起来。宫下发出啧啧声：“有电话来了。”

“失陪一下。”安藤起身接电话。

“喂……”

“我是 M 报社的吉野，安藤教授在吗？”

“我就是。”

“我想请问一下上个月二十日，在东京监察医务院解剖高山龙司的是不是您呢？”

“是，是我操刀解剖的。”

“我有些事情想请教您，不知您什么时候有空？”

一时间，安藤不知该怎么回答他。宫下在一旁好奇地问道：“是谁打来的？”

安藤用手按住话筒，低声对他说：“是 M 报社的记者。”接着他把手放开，反问道：“您有何贵干？”

“关于这一连串的事件……我想请教一下教授的看法。”

安藤听到他说“一连串的事件”，不禁有些吃惊。难道媒体也注意到这件事情了？未免太快了吧！“‘这一连串的事件’是指……”他想用话来套吉野，看对方了解的程度有多深。

“从高山龙司开始，大石智子、辻遥子、岩田秀一、能美武彦，还有浅川的妻子和女儿等一连串猝死事件……教授，不知您意下如何，有没有时间和我见一面呢？”

如果这位叫吉野的新闻记者手中握有这次事件的讯息，或许可以问出更多事情……反正没有必要让他知道全部实情，最好能继续保住这个秘密，并从对方手上获得必要的信息。

“好，我知道了。”

“什么时间比较好？”

安藤打开记事本，看了看时间表。“明天中午以后，我有两个小时的空当。”

吉野停顿了一会儿，似乎也在调整时间表。“知道了，那我就明天中午去研究室那边打扰您。”

安藤和吉野几乎同时放下话筒。“有什么事吗？”宫下立即靠过来，拉拉安藤的衣袖。

“是个新闻记者。”

“对方说了些什么？”

“他说有事要来请教我。”

“哦……”宫下低下头思索着。

“对方好像也知道这件事了。”

“不知道是谁泄漏消息的。”

“明天见面的时候，我问问他。”

“不要和他说太多。”

“这个我明白。”

“特别是有关病毒的事情。”

“啊，说不定对方还不知道这件事呢。”

此时，安藤突然想到一件事。浅川和吉野都是M报社的记者，这两人熟识，如果吉野和这一事件有关联，说不定明天中午就能听到一些有趣的信息。

他的好奇心逐渐膨胀起来。

5

吉野中午来到安藤在 K 大学的研究室，他们一个钟头前一起来到这家车站前的露天咖啡店，此刻桌上还放着他的名片。不过，吉野握了杯子好几次了，眼睛盯着手表，他待会儿还要赴另一个约会。

“真是抱歉，我先失陪一下。”吉野低着头站了起来，很快离开位子，走向柜台旁边的公共电话。安藤看到他一面打开记事本，一面慌张地拨电话，这才松了一口气，将身体靠向椅背，盯着名片上的文字：“M 报社横须贺分社 · 吉野贤三”。

他刚从吉野那里听到一件不可思议的事情，此时脑中一片混乱。按照吉野的说法，这一连串事件开始于八月二十九日晚上，有四名男女住进位于伊豆半岛南箱根“太平洋休闲俱乐部”的小木屋，这四人在 B-4 号小木屋过夜，无意中发现一盘录像带，将它放映了。看过那盘录像带的人，在一个星期后竟然都意外死亡。吉野甚至还若无其事地说了一句：“那盘录像带恐怕是用特异功能拍摄出来的东西。”

假如是从前的安藤，一定会觉得使用特异功能拍摄影像根本是不可能的事。但是，他解剖完龙司的遗体后，亲眼目睹龙司的肚子露出一截报纸，上面还排列着数字，后来又在高野舞的房间里体验到一种难以形容的诡异气氛。如果将这些事情说给别人听，不也是一则荒诞无稽的故事吗？至少吉野与这一连串事件有直接关系，他的说法也有一些根据。他在浅川和龙司调查这件事时，还曾经成为他们的后援者，比较有说服力。

“对不起，让你久等了。”吉野一回到座位，马上在记事本上写字，笔端不时地碰到蓄着络腮胡的脸颊，然后，他十分客气地问道：“我们谈到哪里了？”

“说到高山龙司的事情。”

“对不起，高山先生和教授您是……”

“我们是大学同学。”

“啊……我听说过。”

安藤猛然想起吉野是在调查事件之后才和他联络的。他终于说出在心里盘旋已久的疑问：“吉野先生，你看过那盘录像带吗？”

“我要是看过，只有躺在这边等您解剖了，我没有那种勇气。”吉野微笑着回答道。

那盘神秘录像带似乎和一连串猝死事件有关，安藤之前就隐约有这种感觉。可是，一般人根本无法想象世上有这种录像带，更别提要他们相信看过就会死亡的事实。

吉野慢慢地喝着变冷的咖啡，没有像先前那般催促对方。

“为什么浅川先生至今仍然活着？他也看过那盘录像带吧？”安藤的语气中隐含着一种轻视的意味。

“这也正是我心中的疑问……”吉野探出身子，继续说道，“我认为直接询问本人是最好的方法。我去过浅川住的医院，不过从他目前的状况看，绝对问不出线索。大概……”吉野好像突然想到一件事，慢吞吞地说。

“大概什么？”

“如果能得到那个东西……”

“你是指……”

“浅川本来是周刊杂志的记者。”

安藤不知道要说些什么，只好顺着吉野的话尾回答道：“是的，我知道。”

“他本是为了让这件事成为独家报道，才开始追查真相。浅川找高山龙司一起到伊豆半岛和热海调查，他们应该会找到什么证据，而且调查完毕后，也会把调查内容制作成资料存在磁盘里。”

“原来如此。”

吉野露出遗憾的表情。“不知那些资料放在哪里，房间里也找不到。”他眺望着远处，露出一副冥思苦想的模样。

“房间？”

“浅川目前住在医院，他的妻子和女儿都去世了，公寓里应该没有人在，因此我偷偷地潜入房里四处搜查。随便找个理由搪塞一下管理员，他就会把钥匙交出来……”

安藤昨天为了调查高野舞的行踪也做过同样的事，因此他并没有责怪吉野。吉野的表情有些沮丧，嘴里一直喃喃念着：“每个角落都找遍了，就是找不到，我连文字处理机和磁盘都找过了。”

吉野发觉自己的脚一直在抖动，急忙将手放在膝盖上，苦笑了一下。这时，安藤脑海中浮现出几张照片，那是浅川发生事故的现场照片，其中有一张拍到副驾驶座上放着一台手提电脑或文字处理机，脚边有一个像是录像机的黑色物体。安藤佯装看着外面来来往往的人潮，却拼命思考着：说不定我可以找到关于这一连串猝死事件的文书资料。吉野并不知道，发生事故的车子里很可能就放着那些东西。

安藤觉得拿到磁盘的可能性相当大，但是他不想道出。即使真的拿到磁盘，也要看内容为何物，再决定要不要交给新闻媒体。目前能肯定的是，这七具尸体上都发现了类似天花的病毒。安藤相信再过不久，S 大学和横滨的 Y 大学将会成立专门研究小组，公布这个新发现。如果在此之前让新闻媒体知道这个消息,引起一阵骚动，可能会引发民众的恐慌，处理不好，就会演变到无法挽回的地步。

接下来，吉野开始提出许多疑问，例如“解剖结果怎么样了”、“判定死因了吗”、“有没有更新的发现”，他一副准备记下所有线索的样子。安藤尽可能表现出亲切的态度，毫不保留地回答，但脑中想的全是磁盘的事。

6

隔周的星期六，安藤在监察医务院解剖完两具尸体后，找来专门处理交通事故现场的警察，询问他们肇事车辆的后续处理问题，并以当时浅川在大井匝道出口附近发生事故为例子，请教之后怎么处理那辆车子。

“我先检查车内有没有相关证物。”年轻警察用手扶一下眼镜，回答道。安藤和他见过好几次面，但今天还是头一次问他。“然后呢？”

“接下来就把车子还给车主。”

“如果车子是租来的呢？”

“我们会把车子还给租车公司。”

“好，如果乘坐的是一对年轻夫妇和女儿三个人，这一家人住在品川区的一栋公寓里，太太和女儿由于意外事故身亡，先生则受重伤被送到医院去，那么遗留在车上的东西怎么处理？”

“暂时交由管辖当地的交通科保管。”

“在首都高速路大井匝道的出口处发生车祸，是属于哪个管辖区？”

“在出口处吗？”

“嗯，就在出口附近。”

“首都高速路里面和外面的管辖区不一样……”

此时，安藤蓦地想起事故现场的照片。没错，那起事故发生在首都高速公路上，东京湾海底隧道的入口。“是在首都高速公路上。”

“那样的话，属于首都高速公路的交通警察署管辖。”

安藤第一次听到这个单位。“他们的总部在哪里？”

“在新富町。”

“我知道了。接下来呢？”

“他们会马上和家属联系，请家属出面认领。”

“如果家属都死掉了呢？”

“你是指住院者的亲兄弟都死了吗？”

安藤不了解浅川家中到底有几个成员，但是以浅川的年龄来判断，双亲还健在的几率很高，所以，警方很可能会把车内的遗物交给浅川的双亲。“嗯……我知道了，谢谢你。”

安藤立刻着手调查浅川老家的地址，发现浅川的双亲还健在，目前住在座间市栗原。安藤打电话过去，询问他们浅川车上遗物的放置地点，浅川的父亲沙哑地说出住在神田的长子的名字。浅川和行是三兄弟中的老幺，上面有在综合出版社S书店文艺书籍部工作的长兄，以及担任中学语文老师的二哥。浅川的父亲提到警察也联络过，希望他们去领取浅川的遗物。首都高速公路交通警察署所在地离神田较近，因此就由长子去领取遗物。接下来，安藤必须和浅川的哥哥——浅川顺一郎取得联系，对方和妻子住在神田的一栋公寓里。

安藤直到晚上才联络上浅川顺一郎。他害怕对方觉得自己有所隐瞒，会弄巧成拙，于是直接说出事情经过。但他又不能把所有事情原原本本地告诉浅川顺一郎，只能以委婉的语气强调，浅川可能保存着可以解决问题的文书资料，再亮出监察医务院法医的身份，请求对方让他复印那些资料。

“可是，我也不知道保管的遗物中是否有那些东西。”浅川顺一郎可能还没检查过浅川的遗物。

“你有没有看到文字处理机？”

“有，但差不多坏了。”

“里面有没有磁盘？”

“我还没有检查。我把它装进纸箱带回家后，就没有动过，也没有看过里面的物品。”

“里面是不是还有一台录像机？”

“有，但是我把它扔掉了，这么做不对吧？”

“你把它扔掉了？”安藤不禁屏住气息。

“我知道他因为工作的关系，一向把文字处理机带在身边，但是不明白他为什么把录像机放在车上。”

“你说……你把它扔掉了？”

“是的，因为那台录像机完全坏了，我前几天把它扔掉了……又不是修一修就会好，这也是没有办法的事，和行应该不会怪我。”

“录像带还在吗？”安藤祈祷对方千万别将录像带扔了。

“这我也不知道，里面除了文字处理机和录像机，还有两个旅行包，那应该是阿静和阳子的东西，我没有打开过。”

安藤焦急地说道：“我可以过去打扰你一下吗？”

“可以。”出乎意料，浅川顺一郎竟然十分干脆地应允了。

“明天可以吗？”明天刚好是星期日。

“明天我要和一位作家去打高尔夫球……七点回家。”

“那我就明晚七点过去拜访你。”安藤边说边在纸上写下“七点”，还用圆珠笔画上好几条线。

星期日下午七点，安藤去拜访住在神田猿乐町的浅川顺一郎。这栋公寓夹在办公大楼间，没有一般住宅区的熙攘人群，一到星期天晚上，四周显得出奇地安静。安藤按下门铃，里面传来男人的声音。“是哪一位？”

“我是安藤，昨天给你打过电话。”

浅川顺一郎一听，马上打开门，一边说“辛苦了”，一边招呼安藤进入屋内。他打完高尔夫球后，回家冲个澡，换上宽松的佳积布衣裤，一派悠然自在的模样。安藤先前从电话的声音中想象他可能是个身材瘦长、有点神经质的人，没想到他有点胖，长了一张娃娃脸。浅川家的长子是综合出版社的编辑，次子是中学语文老师，老幺——浅川和行则是著名报社的记者，这三兄弟选择的职业都和文字有关，或许是受长子的影响吧。安藤也是受在高中当生物老师的哥哥的影响，才选择当医生。

浅川顺一郎从走廊的储物柜里拉出一个纸箱，里面塞着旅行包和文字处理机。他把纸箱推到安藤的面前。“您看看吧。”

“真是麻烦你了。”安藤先拿出文字处理机，记下品牌和机种名称。文字处理机的盖子已经撞破，打不开，安藤把它抱在膝盖上，看到了退出钮，再朝里看去，取出口的地方有一张磁盘。他兴奋地按下退出钮，机器马上发出咔嚓声。安藤说了一声“OK”，就把磁盘抽出来。他将磁盘平放在手上，上面没有贴卷标，也没有写标题。

“我想看一下里面的内容。”安藤转向浅川顺一郎。

“实在很不凑巧，这张磁盘和我使用的文字处理机没有兼容性。”同种的机器如果不具有兼容性，就无法调出磁盘的资料。

“那么这张磁盘可以借给我两三天吗？”

“哦……可以。”

“我用完就马上还给你。”

“这里面是不是写着什么东西？”浅川顺一郎被安藤的兴奋感染，心中的好奇因子蠢蠢欲动。

“我也不太清楚。”

“那请你尽早还给我。”浅川顺一郎的好奇心越来越浓厚，他想快点看到磁盘里的文章。

安藤将磁盘放进夹克的口袋，终于松了一口气，心中又升起一股欲望。他望着黑色的旅行包，期待录像带会放在里面，于是问道：“我可以打开看看吗？”

“我想里面应该没什么重要物品了。”浅川顺一郎笑着说道，做了个表示同意的手势。

然而打开旅行包，里面只有衣服和尿片，并没有安藤想要的录像带。或许真如浅川顺一郎所言，录像带插在录像机里面，一起扔掉了。但至少安藤已经拿到磁盘，可以应付这桩摸不着头绪的猝死事件了。

7

安藤进入病理研究室，正想出声喊宫下，反而被宫下叫住了。

“喂，你过来一下。你看看这个是怎么回事？”

安藤一看到拿着印出的资料正在招手的宫下，还有站在他身旁的根本，便忍不住想笑。隶属生化研究室的根本和宫下的体型简直一模一样，一米六的五短身材，配上八十公斤的体重，两人站在一起活像两个矮冬瓜。

“你的兄弟也在这里啊。”安藤开玩笑。

“安藤，请不要把我们两个当成一体。”根本皱起眉头反驳。他并不会因为长得像宫下前辈而沮丧，相反，他以宫下为目标，希望能学到宫下的人品和丰富的学问。

“你们两人长得太像了，让我觉得很苦恼，你去减肥就好认了。”

宫下敲了敲根本圆鼓鼓的肚子。

“那也请根本陪我一起减吧。”

“笨蛋，如果你们两个一起瘦下来，不又会长得很像吗？”

宫下将手中的复印资料交给安藤，玩笑也就此画上休止符。安藤打开一读，马上知道里面一部分内容是从 DNA 碱基自动解析装置读取出来的。

地球上所有含病毒的生命体，都是包含着 DNA（其中一部分是 RNA）的细胞的集合体。细胞在细胞核中合成名为“核酸”的分子化合物。核酸有 DNA（脱氧核糖核酸）和 RNA（核糖核酸）两种类别，各自拥有不同的功能。

说到遗传因子的本体，写入遗传信息的 DNA 是两条扭在一起的细长线状分子化合物，这种结构一般称为“双螺旋”。再在这个双重构造里面，写入具有生命力的遗传信息。遗传信息有特定的蛋白质合成方法，遗传因子就是它其中一张设计图，也就是说，遗传因子不属于 DNA，而是遗传信息的一个单位。

这张设计图中，具有文字功能的是四种叫碱基的化合物——腺嘌呤（A）、鸟嘌呤（G）、胞嘧啶（C）、胸腺嘧啶（T）。RNA

的情况则是腺嘌呤（A)、鸟嘌呤（G)、胞嘧啶（C)、尿嘧啶（U)。四个碱基中，有三个一组的组合，它依照法则被翻译成某种“氨基酸”，例如 AAC 密码对应的是天冬酰胺，GCA 密码对应的是丙氨酸。因为蛋白质是由二十种氨基酸以数百种方式结合在一起，所以一个蛋白质的设计图必须要有数百个三个一组的碱基排列。

在一张遗传因子的设计图里，都是一大串“TCTCTATACC-AGTTGGAAAATTAT……”的字母排列，将它们翻译过来就是：TCT = 丝氨酸（Ser),CTA = 亮氨酸（Leu),TAC = 酪氨酸（Tyr), CAG = 谷氨酰胺（Gln)，TTG = 亮氨酸（Leu)，GAA = 谷氨酸（Glu)，AAT = 天冬酰胺（Asn)，TAT = 酪氨酸（Tyr)。

安藤整个看过一遍，又瞄了一眼四个碱基号码“ATGC”随机排列的情形，在这些排列下画上线，和其他的区分。

“这是什么？”

宫下看了根本一眼，示意他赶快说明。

“这是从高山龙司血液里发现的病毒，我们将其中一部分 DNA 分解出来。”

“龙司的？这是……”

“在高山龙司体内发现的病毒，似乎混杂着奇异的碱基排列。”

“你是指画线做了记号的部分吗？”

“是的。”

安藤再次仔细地看着画线的字母排列——ATGGAAGAAGAATATCGTTATATTCCTCCTCCTCAACAACAA。

480

……………………………………………………………GTTTAAAGCA

490 500 510 520 530

TTTGAGGGGGATTCAATGAATATTTATGACGATTCCGCAGTATTGGACGC

540 550 560 570 580

TATCATGGAAGAAGAATATCGTTATATTCCTCCTCCTCAACAACAATTTG

590 600 610 620 630

CAAAAGCCTCTCGCTATTTTGGTTTTTATCGTCGTCTGGTAAACGAGGGT

640 650 660 670 680

TTATGATAGTTTGCTCTTACTATGCCTCGTAATTCCTTTTGGCGTTATGT

690 700 710 720 730

ATCTGCATTAGTTGAATGTGGTATTCCTAAATCTCAACTGATGAATCTTT

740 750 760 770 780

CTACCTGTAATAATGTTGTTCCGTTAGTTCGTTTTATTAACGTAGATTTT

790 800 810 820 830

TCTTCCCAACGTCCTGACTGGGATTTCGACACAAATGGAAGAAGAATATC

840 850 860 870 880

GTTATATTCCTCCTCCTCAACAACAACGCTTGGTATAATCGCTGGGGGTC

890 900

AAAGATGAGTGTTTTTAGTATATT……………………………………

在535碱基～576碱基、815碱基～856碱基的范围，可以看到其中的42个碱基“ATGGAAGAAGAATATCGTTATATTCCTCCTCCTCAACAACAA”一直重复。

DNA 上的氨基酸的翻译方法

第一字 ↓	第二字 T	C	A	G	第三字 ↓
T	Phe	Ser	Tyr	Cys	T
	Phe	Ser	Tyr	Cys	C
	Leu	Ser	终止密码	终止密码	A
	Leu	Ser	终止密码	Trp	G
C	Leu	Pro	His	Arg	T
	Leu	Pro	His	Arg	C
	Leu	Pro	Cln	Arg	A
	Leu	Pro	Cln	Arg	G
A	Ile	Thr	Asn	Ser	T
	Ile	Thr	Asn	Ser	C
	Ile	Thr	Lys	Arg	A
	Met	Thr	Lys	Arg	G
G	Val	Ala	Asp	Gly	T
	Val	Ala	Asp	Gly	C
	Val	Ala	Glu	Gly	A
	Val	Ala	Glu	Gly	G

三个一组的碱基是随着上图的法则翻译成氨基酸，例如 TCT 是丝氨酸（Ser），AAT 是天冬酰胺（Asn），GAA 是谷氨酸（Glu），而“终止密码”是一个遗传因子结束读取的意思，起始密码是 ATG。

◎以下是二十种氨基酸的简称和正式名称

Phe	苯丙氨酸	His	组氨酸
Leu	亮氨酸	Gln	谷氨酰胺
Ile	异亮氨酸	Asn	天冬酰胺
Met	甲硫氨酸	Lys	赖氨酸
Val	缬氨酸	Asp	天冬氨酸
Ser	丝氨酸	Glu	谷氨酸
Pro	脯氨酸	Cys	半胱氨酸
Thr	苏氨酸	Trp	色氨酸
Ala	丙氨酸	Arg	精氨酸
Tyr	酪氨酸	Gly	甘氨酸

然后，他又看了看另一处画线的地方，发现它们是完全相同的排列，在不到一千个的碱基中，居然出现两组完全相同的排列。安藤注视着根本。

“就好像金太郎的糖果一般，检查任何一个断片，都出现相同的排列组合。”

“这一列有几个？”

“你是指碱基的数量吗？”

“嗯。”

“四十二个。”

“四十二个……也就是十四个密码，很少嘛。”

“我想它应该有含义吧。”根本歪着脖子说道。

“安藤，我觉得有点奇怪……”宫下插嘴道，“这种无意义的重复情形，只有在高山龙司的血液中发现的病毒才有，其他两具尸体上的病毒中却看不到。”

安藤努力思索着，却不知道如何形容才恰当。目前的情况有如三个人同时拿着莎士比亚的剧本——《李尔王》，但只有龙司拿着的《李尔王》，在文字与文字之间夹杂着无意义的字母。有四十二个碱基重复，以三个一组的氨基酸来计算，转换成文字，也不过十四个字母。这重复的十四个文字，在每一页中任意地插入。如果事先知道这出戏剧是《李尔王》，就可以马上找出后面插入的不明部分来。

“你觉得是怎么回事？”宫下很兴奋地询问安藤。真正的科学家一旦碰到不能解释清楚的情况，总会兴奋起来。

“但是只有这个，太……”

三个人突然沉默下来，注视着彼此的脸。安藤又拿起复印资料继续研究。他觉得很奇怪，不明白为什么变成这样。他想研究一下这些无意义的碱基排列，这其中一定含有特殊讯息。但是，问题究竟出在哪里？这种无意义的碱基排列是什么时候开始编排的？难道只有侵入龙司身体的病毒不一样，又或是病毒在龙司的体内起了变化，产生十四个密码文字？其意义何在？

四周的空气越来越凝重，宫下率先打破沉默。“你不是有事情才来这里的吗？”

“哦，我差点忘记了……”一得知龙司的血液中发现了病毒的碱基排列，安藤马上兴奋起来，忘记了自己来这里的目的。他打开公文包，拿出记事本给宫下和根本看，“谁有这种类型的文字处理机？”

宫下和根本一起念出机种的名称，一种非常普及的产品。“一定得和这个同类吗？”

“制造商相同的话，比较好找，而且磁盘要有兼容性。”安藤又从公文包里拿出一张磁盘，“我想将这张磁盘里的东西直接打印出来，并且复制一下。”

“不能放在微软的操作系统里面吗？”

“应该不行吧。”

根本突然拍了一下手，兴奋地说：“对了，我们研究室里的医疗员植田有一台同类的文字处理机。”

“可以借我用一下吗？”

“我想应该没问题，他也是刚从研究所毕业的。”

“麻烦你，真是不好意思……”

“那有什么关系。”

“那就拜托你了。”

8

根本打开生化研究室的门，安藤用左手掏出磁盘，右手支撑着门。

“植田，请你过来一下。”

根本对着坐在房间角落的瘦削青年招手。

“有什么事吗？”植田将转椅转过来。根本面带微笑问道：“你用文字处理机吗？”

“不用。”

“太好了。法医学那边的安藤想跟你借文字处理机，方便吗？”

植田看了安藤一眼。“哦……你好。”

“真不凑巧，我要把磁盘上的资料调出来，我的文字处理机没有兼容性。”安藤挥了挥磁盘，走到根本的身旁说道。

“没有关系。”植田站起来，拿出文字处理机放在桌上。

安藤打开盖子，插上电源，荧屏上显示出菜单。他选定项目，将磁盘插进去，将光标对着“开启旧文件”按下，机身便发出哧哧的运作声，开始读取磁盘上的资料。

一会儿，磁盘中保存的文字资料显示在荧屏上。

RING 9	199X · 10 · 21
RING 8	199X · 10 · 20
RING 7	199X · 10 · 19
RING 6	199X · 10 · 17
RING 5	199X · 10 · 15
RING 4	199X · 10 · 12
RING 3	199X · 10 · 7
RING 2	199X · 10 · 4
RING 1	199X · 10 · 2

“RING、RING、RING……”安藤喃喃自语。

RING！这到底是什么？该不会是从龙司肚子里透露出来的暗号吧？

“怎么了？”根本看着安藤茫然的表情，有些担心地问道。

安藤摇了摇头，没有回答。

或许只是偶然，浅川追查一连串的猝死事件，而且把过程记录下来，取名为“RING”，分成九个章节保存下来，然后龙司的肚子又露出那一截报纸……绝不可能有这种事！安藤坚决否定这种没有科学根据的推论。他的脑海中出现龙司被解剖前后的表情：龙司那张大大的国字脸上，下巴那儿的肉不停地摇晃，脸上充满嘲讽的笑容。他不禁开始相信吉野说的荒唐故事也有真实的一面，说不定那正是实情：世上真有看过神秘录像带，在一个星期之后猝死的事。

9

文字处理机不停地发出哧哧的声响，打印一张B5大小的文字资料需要两三分钟，安藤觉得焦躁不安。

他查看之后，得知浅川的记录大约有上百张，无法在短时间内打印出来，于是借了文字处理机，准备将它带回家中，通宵达旦地打印。从刚才开始，他一边吃着便利店买来的便当，一边看完了第二十一页原稿。

这时候，安藤终于相信上个星期五吉野说的事情是真的，浅川的报告和吉野在咖啡店里的叙述几乎一致。唯一的不同是，报告上详细地记下时间和场所，非常吸引读者的兴趣，很像杂志记者的文笔，没有多余的修饰。

今年九月五日的晚上，东京和神奈川同时有四位年轻男女因为心肌梗塞死亡，浅川认为猝死原因很有可能是某种病毒。从科学的角度来看，这个推论十分合理。解剖完这四个人的尸体之后，发现了酷似天花病毒的不明病毒，证明浅川的看法是正确的。

浅川推论这四人在相同时间死亡，有可能在同一个场所感染了相同的病毒，他判断“感染途径”正是解决整起事件的关键。

没多久，浅川成功地找出那四人共处的时间和场所：一星期以前的八月二十九日，南箱根太平洋乐园的B-4号小木屋。

在第二十二页的原稿上，浅川和行描写他搭乘新干线在热海站下车，然后租了一辆车，经热函公路到南箱根太平洋乐园。当时天色已晚，又下着雨，视线很不好，而且高原的道路十分崎岖，因此到达旅馆时，已经过了晚上八点。浅川一想到要在B-4号小木屋度过一夜，心里不禁发毛。但是，在记者的好奇心的驱使下，他还是硬着头皮踏进小木屋，四处搜寻可疑的线索。

浅川从留言本上的留言追查到四人看过录像带的事，便到管理室去找那盘可疑的录像带。他注意到有一盘没有贴标题也没有盒子的录像带掉到柜子下，心念一转，立刻向管理员借过来，回到B-4号小木屋看完。

首先放映出来的是一幕黑暗的影像，浅川是这样描写的。

> 在黑漆漆的画面上，无数针状的光点一明一灭地左右飞舞，接着慢慢地膨胀起来，然后停在左边的角落。接下来，光点变成树枝状，然后又变成绽开的花束，像蚯蚓般地蠕动着……

安藤念完文章，从资料上移开视线，抬起头想象文中描述的景象。他总觉得仿佛在哪里见过开头那一幕影像：萤火虫在黑暗的画面里飞来飞去，然后慢慢变大……后来，那个光点像毛笔似的开始分叉……

安藤没有花多少时间便回忆起来，那是他在高野舞的房间里见到的。他为了寻找高野舞的行踪，将一盘写着“莱瑟·米里尼、法兰克·辛纳屈……”标题的录像带播放出来，开头的几秒钟也呈现出这样的画面，然后切换成明亮的画面，不断地播放电视节目，从广告、早间新闻到时代剧，一直持续到最后。

现在，安藤终于明白了：想必高野舞看完之后，为了某个原因将录像带的内容全部抹掉，录制成其他内容。可是开头的部分很难消除，因此最初几秒钟的影像仍旧遗留下来了。

浅川在小木屋里发现的这盘录像带，为什么传来传去竟传到了高野舞的手中呢？安藤稍稍整理一下思绪。不，不一样！浅川在小木屋里面发现的带子和高野舞房里的不同。浅川的报告上说，他在小木屋里发现的带子没有贴上标题，然而高野舞房里的带子却用签字笔写着标题，也就是说……那是复制的！“复制”这种扩散途径和病毒很类似，复制品的性质也和介于生命与非生命之间的病毒非常相像。

这么说来，高野舞真是因为看了录像带才失踪的吗？从那时起，她的房间就一直空着，既没去学校上课，也没和家里联络。但也没有看到过年轻女子猝死的报道。安藤想象着可能会发生在高野舞身上的事，不由得发起呆来。一想到她正值二十二岁的青春年华，却可能死在无人知道的地方，他的胸口就发闷，何况他对高野舞怀有爱意，因此更觉得心痛……

突然间，机器运转的声响让安藤恢复了意识。安藤想，与其胡乱猜测，现在最重要的还是弄清录像带的内容。

10

他翻到下一页，一边念着资料，一边想象荧屏上放映出来的画面。

画面上涌出鲜红的泥浆，一看就知道是火山爆发的景象。火山口不停地流出熔岩，喷着熊熊火焰，染红整片夜空……突然间，影像切换成一个白底黑色的“山”字，字体消失后，又出现两个骰子在碗底转动，然后是一个满脸皱纹的老太婆坐在榻榻米上对着画面说话，她的话中带有很多方言，仿佛在提醒某人一些事情。

接下来的画面和上一个画面之间没有任何连接，很唐突地切换了，并且发出婴儿的哭声。婴儿的影像一下子就消失了，随即出现一个极度嘈杂的场景，画面上有几百个人在骂着“说谎”“骗子”等字眼，那些人像细胞分裂一般在持续增加。

下一个画面是老旧的电视屏幕上出现一个“贞”字，之后猛然出现一个男人的脸，他的背后浮现出茂盛的林木。男人急促地喘着气，脸上满是汗水。他那充血的眼睛带着杀意，口水从歪斜的嘴巴滴下来。冷不防地，男人发出一声吼叫，只见他赤裸的肩膀上出现一个深可见骨的伤口，鲜血不停地流出来，同时不知从何处传来婴儿的哭声。画面中央开始落下拳头大小的石头，发出一连串的碰撞声。

最后，荧屏上出现两行文字：

看过这部影片的人在一个星期后的这个时间会面临死亡。如果不想死，从现在起就依照下面说的去做……

画面进行到这里，就换成电视上常见的蚊香广告。浅川认为最后应该有指示逃脱死亡命运的方法，但是广告结束后，电视画面就消失了，发出杂音。

看完这盘意义不明的录像带，浅川得出两个结论：其一是人们看过这盘带子后，一星期后就会面临死亡；其二是录像带中记载的免于死亡的方法，被最初看过录像带的四位男女基于好玩的心理洗掉了。他立即将录像带放进手提袋内，跑出 B-4 号小木屋。

安藤不禁深深吸了一口气，放下手上的资料。

在浅川的记录中，大半的篇幅都在描述那些令人毛骨悚然的影像。浅川借由文字，直接将那些惊悚的影像植入读者的脑海。现在，安藤完全接收了那些画面，大脑中顿时形成一个旋涡，将所有人和风景的影像纠缠在一起，开始感受到浅川在小木屋看完录像带时的恐慌。但他渴望知道这件事的后续发展如何，一股强烈的好奇心慢慢地膨胀起来。他一只手握住茶杯，另一只手拿着一叠资料，快速地阅读。

浅川回到东京后，马上和高山龙司取得联络，并大致向他描述了事情的经过。他没有独自解决问题的勇气，时间也不够充裕，因此能拜托和信赖的人只有高中同学龙司。此前浅川也和吉野提过，但吉野随即表明不想看录像带。只有龙司的反应异于常人，他一听到看过录像带的人会在一个星期后死亡，立刻勇敢地说道："把那盘录像带拿给我瞧一瞧吧。"于是，龙司在浅川的公寓里津津有味地看完录像带，还要求浅川复制一盘给他。

安藤看到"复制录像带"这一段，不禁抬起头来，思考之后录像带的行踪——

浅川从小木屋带回录像带，放在发生意外的车上，警方把它和录像机一起交给他哥哥顺一郎，被当成垃圾扔掉了。另外一盘录像带在高野舞的房间，只留有开头的部分画面，这盘应该是当时浅川复制给龙司的带子，背面卷标上的字迹也是浅川的。浅川并没有使用新带子复制录像带，而是将录制过音乐节目的带子拿来使用，然后录像带经龙司之手到达高野舞的手里。

一路推敲下来，所有事情就很容易解释了。可是，龙司是何时把带子交给高野舞的？没听她说过手中有录像带啊……可能是高野舞在龙司死后偶然拿到那盘录像带，不知情地看了内容。

那盘录像带是在浅川的公寓里被复制成两盘的。安藤将这个事实深深地嵌在脑海中。

龙司将复制的录像带拿回家，开始研究最后擦掉的画面——浅川和龙司将这个部分称为"咒文"。两人心中共同的疑问是：为什么这盘令人感到恐惧的录像带会放在B-4号房呢？

起初，他们以为是观光客将带子带进小木屋里，但并非如此。早在那四名男女投宿前三天，有一家人曾利用房内的录像设备录下电视节目，但他们回家时忘了带走录像带，任它放在录像机内。

因此，这盘录像带并不是拍摄好才带来小木屋，而是在B-4号小木屋中录电视节目的时候，被某种不明电波侵入，录下那些诡异的影像。

三天后，四名男女前来小木屋投宿，觉得无聊，便想看录像带，他们看到那些影像，还觉得最后威胁的话语很有趣。如果不依指示行事，一个星期后就会面临死亡，这种事对他们来说就像恶作剧。因此，他们故意擦掉可以逃脱死亡命运的指示，并将带子留在小木屋里，让之后投宿的客人观赏，达到更恐怖的效果。他们不相信画面上出现的咒文，如果相信，就不会这么恶作剧了。但是，录像带第二天就被管理员拿到办公室的架子上了。

后来，当浅川不在家时，他的妻子和女儿看了录像带。浅川不仅要为自己的生命奔走，也要挽救妻女的性命。

同时，龙司发现了一个令人惊讶的事实，他在家里将录像带看了好几遍，将内容做成一个表。录像带内的影像是由十二段画面构成的，而且分成抽象和现实两种，也就是浮现在脑海中的影像，以及眼睛实际上看到的影像，例如，火山爆发和男人的影像，是用眼睛就可以看到的现实影像，而一开始的画面和在黑暗中飞来飞去的萤火虫般的光点，则属于想象的画面。所以，龙司将这十二段画面分为“现实”和“抽象”来比较，结果发现只有在现实的影像中，会有一瞬间的画面被盖上黑幕，以每分钟十五次的比例出现。而在抽象影像中，却看不到黑幕。

龙司下了一个结论，他认为出现的“黑幕”是眨眼的动作。用眼睛来看影像时，才会出现黑幕，以心灵来观看的话，就不会出现了，而且黑幕的次数和女性眨眼的次数一样，由此可见，录像带里的影像并不是用摄像机拍摄下来的，而是什么人运用特异功能将视觉和心灵的讯息制作成影像。

安藤怎么也无法接受这种事情，他认为用超能力将影像发送到录像带上是愚蠢的想法。用超能力将影像印在底片上面的话，或许还有可能，因为影像的结构完全不同。不过，他非常佩服龙司的推论，他保留这个疑点继续念下去。

浅川和龙司一同前往镰仓的三浦哲三博士纪念馆找寻线索，身为超心理学研究专家的三浦哲三用独特的方法调查出全国的超能力者，将资料保存在档案里。龙司和浅川在数千册档案中一个个检查，经过数小时，终于找到了要找的人。

那个人叫山村贞子，出生地是伊豆大岛差木地。

根据记述，山村贞子在十岁时就可以把“山”和“贞”两个汉字用超能力印在底片上。录像带中也出现了相同的汉字，因此浅川和龙司确信始作俑者是山村贞子，第二天就搭渡船到大岛，想从她的成长过程和不为人知的事情中揭开录像带的谜底。

山村贞子给看过录像带的人致命的威胁，她到底有什么愿望没有实现呢？龙司预感山村贞子已经不在世上，她在临死前将无法达成的愿望托付给后人，因此释放出强烈的超能力，将怨念附在影像里面。

龙司和浅川在 M 报社大岛通讯部人员的帮助下，一边与东京的吉野联络，一边调查有关山村贞子的事情，结果发现山村贞子一九四七年出生，是当时媒体热烈报道的超能力者——山村志津子和替志津子做超能力实验的T大学精神科副教授伊熊平八郎的女儿。起初，民众以好奇的眼光看待山村志津子和伊熊平八郎，他们在媒体上很受欢迎。后来，某个权威的学者团体开始攻击山村志津子的超能力只不过是骗人的把戏。伊熊平八郎被T大赶出来，罹患了结核病。山村志津子则因为精神异常，跳入三原山自杀。

母亲死后，山村贞子一直到高中毕业都待在大岛的亲戚家生活。她在小学四年级的时候预言三原山会爆发，因此成为校内的知名人物。之后，她一直都没有展现超能力。高中毕业后，她来到东京加入“飞翔剧团”，立志成为女演员。大岛那边的线索就这样断了。她加入剧团后的各种行踪，就由吉野去追查。

吉野接到浅川从大岛打来的电话，马上前往位于四谷的“飞翔剧团”排练场，从演员有马真那里打听到，二十五年前剧团里的确有个叫山村贞子的女孩。有马真还记得山村贞子，他曾亲眼看到她让一台没有插上电源的电视机播放出画面。此外，吉野还拿到两张山村贞子的照片，是她入团时附在履历表上的黑白照片，一张是上半身的照片，另一张则是全身照片，都把山村贞子完美而端正的脸庞照得非常细致美丽，令人无法抗拒。

浅川收到传真，为山村贞子离开剧团便行踪不明一事大受打击。因为如此一来，就无法解开“咒文”的谜底了。

龙司却觉得没有必要继续追查山村贞子的行踪，应该把调查方向转到那些影像是如何跑进小木屋的录像机里的。于是，浅川再次和东京的吉野取得联络，请他帮忙调查南箱根太平洋乐园所在地以前的用途。第二天一大早，吉野就发传真过来。他追查到南箱根太平洋乐园曾是一所结核病疗养院，并将那个地方的地图和当时医护人员的资料一起传真过来。其中在一九六二年到一九六七年这五年间担任南箱根疗养院医生的长尾，目前在热海市开设内科和小儿科诊所。

浅川和龙司马上搭快艇前往热海。此时，浅川看录像带后刚好过了一星期，如果这天晚上十点前没有解开咒文之谜，他就逃不过死亡的命运，龙司的最后期限是明天晚上十点，浅川的妻女则是后天早上十一点。两人开着租来的车子直奔长尾诊所，期待得到一些信息。

见到长尾时，两人感觉似曾相识——长尾正是在录像带最后出现的那个男人。于是，龙司开始发挥死缠烂打的个性，让长尾把二十五年前一个炎炎夏日里发生的事和盘托出。

当时长尾在探访山间的隔离设施时，被患者感染上天花，初期症状是经常感到发烧和头痛，但他以为只是感冒，还是一如往常地照顾结核病患者。就在那时，长尾在疗养院的中庭遇见山村贞子。山村贞子刚退出剧团，无处可去，时常到父亲休养的疗养院来。

长尾看到漂亮的山村贞子，一时无法抗拒。与她闲聊之余，他故意找理由把她带到森林里的一处废屋，在一口古井前强暴了她。其间，山村贞子曾经奋力抵抗，死命往长尾的肩膀咬下去，伤口处汩汩地流出鲜血。

事后，长尾才发现山村贞子患有罕有的“睾丸女性化综合征”，兼具男性与女性性器官。这种患者有乳房和外阴，但大都没有子宫、输卵管，因此外观看起来虽然是个不折不扣的女人，但染色体是 XY 男性，不能生育小孩。长尾像着魔般勒住山村贞子的脖子，把她扔进古井，还从上面扔下许多石头。

听完长尾的自白，浅川指着南箱根太平洋乐园的地图，要他说出古井的位置。长尾指出就在小木屋附近，浅川和龙司马上回到南箱根太平洋乐园的小木屋，搜寻古井的踪迹，在 B-4 号小木屋略为倾斜的底下，果真发现了覆盖在水泥下的水井。假设山村贞子从水井里发出强烈的怨念，一直往上蹿升，刚好传送到小木屋中放电视机和录像机的地方，便录下了那些影像和讯息。

浅川和龙司打破薄木板，潜到下面移开水井的盖子，准备打捞山村贞子的遗骨。他们认为“咒文”的内容是，山村贞子想请看过录像带的人把她的遗骨从封闭的空间带出去供奉。两人轮流下到水井里面，把沉积的泥沙用水桶提上来，没多久就找到了山村贞子完整的脖子和下肢骨。正在泥水中找寻头盖骨之际，刚好过了晚上十点，那正是浅川的“死亡期限”。然而他奇迹般地没有死，这似乎意味着他们解开了录像带中的“咒文”。

第二天，浅川独自将山村贞子的遗骨送回伊豆大岛，龙司先回到东京东中野的公寓写论文。那时，浅川和龙司认为这一连串猝死事件，都将由于山村贞子的遗骨重见天日而结束……

11

读到这里，安藤拿着原稿站起来，走过去打开窗户。他的脑海中萦绕着浅川和龙司将绳索放到井底的情景，感觉非常不舒服，好像快窒息了，不由得怀念起外面的清新空气。他往窗外看去，明治神宫黑暗的森林正随风摇动，发出沙沙的声音，迎面吹来的凉风让稿纸哗哗作响。

只剩下最后一张资料在打印，看完这张资料后，浅川和龙司的“经历”就要结束了。

终于，安藤听到打印终止的声音，他往文字处理机看去，机器吐出了一张几近空白的纸。

十月二十一日，星期天。

病毒的特征就是繁殖。

咒文是复制再复制。

最后一页只有这些记述，就结束了。十月二十一日正是浅川在首都高速公路发生交通事故的日子。前一天的早上，安藤解剖了龙司的遗体，并在监察医务院里碰到高野舞。

浅川的记述到这儿就断了，安藤思考了一阵子，对之后的发展做了一些推测。

十月十九日，浅川把山村贞子的遗骨交给她故乡的亲戚后，这起事件应该还没结束。浅川在大岛的旅馆中记述整件事的详细经过时，龙司在东中野的公寓里暴毙。浅川回到东京后，得知龙川死亡的消息，慌忙来到他的公寓，见到高野舞。那时，浅川问她：“龙司真的没有对你说过什么吗？譬如录像带之类的……”

浅川原以为自己解开了录像带的谜底、发现了免于死亡的方法，其实不然。他无法理解，为什么龙司死了，自己还活着？第二天早上十一点，妻女即将面临“死亡期限”，他必须在仅剩的几个钟头内，独自解开“咒文”的谜底。

十月二十一日早上，浅川突然得到灵感，因此在文字处理机里存入这样的文字：

> 十月二十一日，星期天。
>
> 病毒的特征就是繁殖。
>
> 咒文是复制再复制。

这里说的病毒，指的就是天花。山村贞子在临死前曾经和日本最后的天花患者长尾城太郎有过性行为，天花病毒便借由山村贞子的超能力存活，繁殖力也因此更加旺盛。但是，录像带中的病毒无法自行繁殖，因此它以另一种方式借由人类复制，录像带最后被擦掉的部分应该就是指这件事：“看过这部影片的人在一个星期后的这个时间会面临死亡。如果不想死，从现在起就依照下面说的去做——复制录像带，让另一个人观看。”

浅川在看完录像带的第二天，不但让龙司看了，也替龙司复制了录像带。他在不知不觉中让录像带增多了，然而龙司并没有做“复制”的工作。

浅川马上把录像机放进租的车里，赶去替妻女复制两盘录像带，让另外两个人观看。看过录像带的人再去寻找新的观看者，而且一定要复制录像带，如此循环下去。浅川一心想救心爱的妻女，因此当他把手伸到后座，碰到身体已经冰冷的妻女时，方向盘顿时失去控制……

浅川陷入昏迷状态，是他丧失至爱时的悲伤所致。或许他至今仍在继续追寻“咒文”的谜底究竟是什么。

安藤将打印好的资料叠好，放在桌上，不禁自问：难道你也相信这个荒诞无稽的故事？

他静静地摇摇头。除此之外，他不知道该说什么。

安藤确实看到龙司的冠状动脉里长了一颗诡异的肉瘤，还从他的血液中发现了酷似天花的病毒。另外，现在高野舞到底在哪里？

突然间，安藤觉得房间里好像有某种非人的生物存在，那种气氛让他觉得十分恶心，浑身起了鸡皮疙瘩。他关掉文字处理机的电源，伸手拿过一瓶威士忌。如果不喝点酒，借助酒精的力量来麻痹神经，恐怕今晚很难入眠。

12

安藤走进生化研究室，把文字处理机还给植田，又抱着昨天印出来的资料走向病理学研究室。宫下看到他手上那沓资料，不禁吃惊地抬起头来。

“喂，你过来看一下这个。”

宫下不解地问道：“发生什么事了？”

“等你看完，我想听听你的意见。”

宫下拿过那一大沓资料。“很厚呢。”

“是很厚，不过保证能引起你的兴趣，赶快看吧。”

“难道你现在改写小说了？”

“浅川和行将一连串猝死事件写成这份报告。”

“浅川？就是那个……”

“是的。”

宫下更有兴趣了，他顺手翻开资料，快速地看起来。

“拜托你了，看完之后，一定要让我听听你的意见。”

安藤正打算离开，却被宫下叫住。宫下托着下巴，用圆珠笔敲打桌面。“喂，你不是很会解暗号吗？”

“没有，只不过学生时代和同学一起玩过。”

“哇！”宫下忽然停止敲打桌面的动作。

“怎么了？”

“是这个，这个……”宫下把一张纸递给安藤，又开始敲打桌子。安藤看一下纸上的内容，发现那是昨天看过的、龙司血液中的病毒经碱基自动解析装置解读的结果。

“是病毒的碱基排列，昨天你拿给我看过。”

“这些排列真不可思议。”

安藤盯着那一排排碱基排列，在毫无秩序的碱基排列中，有许多个碱基在有秩序地重复。

ATGGAAGAAGAATATCGTTATATTCCTCCTCCTCAAC

AACAA

以上四十二个碱基按照一定的间隔反复出现。

“结果只有龙司的病毒和别人不一样。”

“为什么只有龙司的血液包含这重复的四十二个碱基？”

宫下不理会安藤投过来的视线。“你不觉得很奇怪吗？”

“那当然。”

圆珠笔的敲打声赫然停止。“这是不是暗号？”

安藤不禁吞了一口口水。在解剖完龙司的遗体后，龙司的肚子里露出一截报纸，从上面的数字可以解读出“RING”这个单词。他对宫下提过这件事。

“如果是暗号，那发信源在哪里？”

“是龙司。”宫下平静地回答道。安藤一听，紧紧闭上双眼。“龙司已经死了，遗体是我解剖的。”

“没关系，你再解读一下这个看看。”宫下想将四十二个碱基排列转换成某个字。

“178136”可以很简单地转换成“RING”，不过要将四十二个碱基排列换成某个字，可能必须知道一些关键的信息。安藤拿着碱基排列的手不停地颤抖，他觉得现在的心情就和浅川走入死胡同时一样。事实上，昨天一看到这个碱基排列，他也想到“暗号”一事，只是勉强把这个念头压下去，想从科学的角度来解释迄今发生的事情。

“那张资料给你，你慢慢组合。”宫下拍拍安藤的屁股说道，“放心，我相信你一定能把它解读出来。”

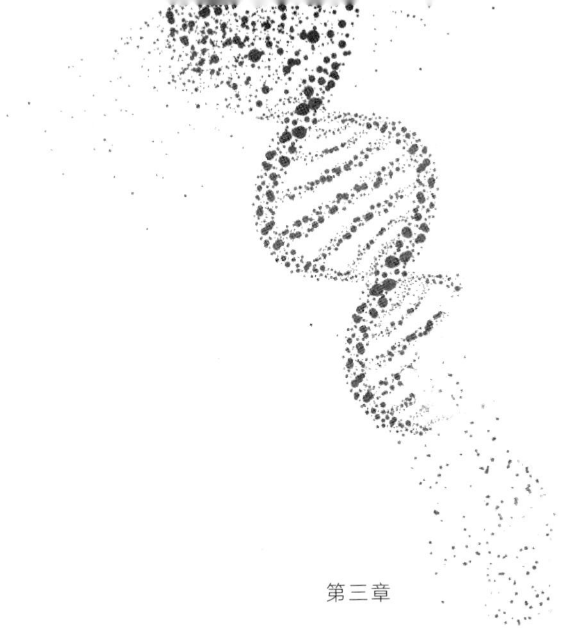

第三章

CHAPTER 03

解读

1

安藤和宫下跟在女服务生后面，来到窗边的座位坐下来。这里是K大学附属医院顶楼的餐厅，从窗边可以看到明治神宫的外苑，视野非常好。大学里的职员在这里享有优待，虽然他们两个都脱下了白大褂，但女服务生一眼就看出他们不是来探病的客人，因此拿出大学职员专用的午餐价目表。安藤和宫下毫不犹豫地点了“今日特餐”，包含咖啡。

女服务生一走开，宫下郑重其事地对安藤说道：“看完了。”

“你认为如何？”

“老实说，还真是大吃一惊。”

“你相信吗？”

“不是很相信，但是内容不是和实际情形吻合吗？里面写的人名和死亡时间都和现实一致，我们不是都看过尸体检验调查书和解剖过程吗？”

那四个年轻男女的解剖检验书中记载的死亡时间和浅川记录

的一样。不过，令安藤感到意外的是，宫下这般活跃的病理学家竟然完全接受“超能力”一事。

“你可以完全接受吗？”

“原本不是很相信，但是我回去仔细思考后，发现……如果用现代的科学观点解释那些疑问，很可能得不到解答。地球上最初的生命是如何诞生的？又如何进化？进化是连续的偶然，还是早就决定好了目的和方向？关于这些，有各种论点，但无法证明哪一种说法是正确的。

“原子并不是太阳的缩小版，我们并没有发现它应该表现出来的潜能，如果在显微镜下观测比原子更小的物质的世界，观测结果也许会跟观测者的心理有微妙的联系。谁也不知道这个世界在下一秒会发生什么，所以必须宽宏大量地接纳每一件事。这件事对于那些认为科学万能的人来说，无疑是当头棒喝。”

安藤对科学是否万能这一点也颇为怀疑，不过他没有像宫下那样极端。“你的想法真是极端。”

“没和你说过我是个唯心论者吗？”

“唯心论？”

“就是人家常说的‘色即是空，空即是色’。”

安藤不太理解宫下的话，也没有时间去深究他话中的意思，他急着想看看对方的疑问是否和自己的一样。“你看完浅川留下来的记录，有没有什么疑问？”

“疑问？那太多了。”宫下在咖啡里放了很多奶精和牛奶，再用汤匙搅拌。阳光透过玻璃照进来，宫下的双颊红润起来。

“首先，为什么浅川看完录像带七天后依然还活着？”宫下一边说，一边喝咖啡。

“该不会是他解开了咒文的谜底？”

“咒文？”

“录像带最后有一些指示，结果有人恶作剧，将那一部分擦掉了。”

“就是强迫看过带子的人做一些事情？”

“嗯，浅川可能在不知不觉中执行了咒文的内容……”

“他做了些什么？”

“浅川的报告在最后写着：‘病毒的特征是繁殖，咒文就是复制再复制……’”安藤简短地对宫下说明，浅川发生交通事故后，车上遗留了录像机和文字处理机，另外，高野舞的房间里也留有被洗掉内容的录像带。

“原来如此……浅川想将咒文的内容复制，再给没看过的人观看。”

“没错，他是想这么做。”

“在发生事故那天早上，浅川把录像机放在车上，他要去哪里呢？”

“当然是去找妻女，他很想解救妻子和女儿的性命。”

“可是他没有理由把这盘危险的录像带拿去给别人看吧。”

“我想，接下来的人应该是浅川妻子的双亲吧。浅川的父亲还健在，我前几天还和他通过电话。”

“浅川的岳父母会冒着生命危险解救女儿和外孙女……”

“我们应该去浅川太太的娘家调查，询问当地警察那时的情形。”录像带威胁观看者必须在一个星期之内复制另一盘带子，因此，浅川为了解救妻女而重复录制两盘录像带，在他妻子的娘家附近，可能又会多出几个牺牲者。

一想到录像带像病毒一样具有繁殖能力，宫下不禁微笑着调侃：“我看……你可能要解剖更多猝死的尸体喽。”

听了宫下的话，安藤不由得打了一个冷战。从这个角度思考，高野舞看过那盘带子，一定也非常恐慌，她失踪快两个星期了，说不定哪天安藤必须用自己的双手去解剖高野舞的身体。

“但是浅川还活着呢。”安藤喃喃自语，暗自祈祷高野舞千万不要出事。

“如果浅川能成功复制两盘录像带，也给别人看过了，为何他的妻子和女儿都死了？”

“但浅川为什么至今仍活着？”

“我不知道，如果和天花病毒有关，那么借由咒文来复制和繁殖，也合乎道理。”

“事实上，一直到龙司死亡为止，所有事情都和浅川的报告很吻合。如今，浅川的妻女也死了，事情开始变得不同寻常。”

“让它复制再复制……不是录像带的愿望吗？”

“我不知道。”

此时，女服务生端来午餐，他们暂时停止谈话，专心吃饭。

“真是进退两难啊……”安藤突然说。宫下问道：“什么？”

“如果真的有那种录像带，我也很想看看，但是看了又会没命，真是进退两难啊。一个星期的时间太短了……”

“太短了？”

“它已经引起我的兴趣，不知怎么运用科学观点来说明——‘影像’能通过视觉和听觉与人脑沟通，进而产生类似天花的病毒。”

“也可能是那些影像使观看者身体细胞中的DNA受到影响，突变成一种未知的病毒。”

“嗯，有可能。我联想到艾滋病的病毒，它的发病原因还不知道，罹患此病的人和猴子一定是受到某种影响才产生这种疾病。但是，艾滋病毒并不是几百年前就存在的，如果调查碱基排列，应该就能弄清楚了。”宫下往前探出身子，脸凑到安藤的鼻子前。此时，两人都在考虑相同的事情。

一般人看过那些影像，产生某种心态，致使体内的DNA突变，生出一种酷似天花病毒的未知病毒，包围心脏，让冠状动脉内部生出肿瘤，再在一个星期内让肿瘤长到最大，使血液无法流通，最后心脏停止跳动。未知病毒和癌病毒相同，但几乎不具有传染性。

“你不想看看那盘录像带吗？”宫下忍不住想亲眼看看现场的物品。

“嗯，那……”

“实在很想拿到那盘录像带。”

“不行，你要重蹈龙司的覆辙吗？”

“对了，那个加在病毒碱基排列里的暗号，你解读出来了吗？”

“还没有。如果是暗号，只有四十二个碱基也太少了，转换成语言只是几个单词而已。”

安藤已经试过好几次，但一开始就连连受挫。

“明天是休假日，你要继续解读那个暗号吗？”

听宫下这么一说，安藤才记起从明天到星期六连休三天。自从儿子去世、和妻子分开以后，他根本没有所谓的假日。一个人待在屋子里只会痛苦，一旦碰到连续的假期，心情只会更加苦闷。

“还要试试看。”为了打发假日的无聊，安藤决定用解读暗号来消磨时间，如果能解读成功，心情应该会愉快些。反正只要让自己忙碌一点就好了。

“星期一我跟你说有关龙司的最新消息。”安藤与宫下约定在三天之内解读完毕。

“那就拜托你了。”宫下轻轻拍着安藤的左肩。

2

安藤吃过午饭，便回到研究室打电话给栃木县宇都宫J医大的法医学研究室。他调查这起事件时，查到浅川和行妻子的娘家住在栃木县足利，那一带是由J医大负责解剖猝死的尸体。法医学研究室的一位副教授接起电话，安藤询问他在上个月月底，是否有患者因为冠状动脉闭塞引发心肌梗塞死亡。

那位副教授用一种很困惑的口气反问：“很抱歉，我不太了解你的意思。”

安藤不想谈到《铃》中记载的超心理学，直接向对方谈起关东这一带因心肌梗塞致死的案例已经有七起，他预测会有更多的牺牲者。

“你询问过关东地区所有的医学院吗？”

“不，我没有……”

“为什么只询问我们学校呢？”

“我只是觉得有可能。”

“你是想问，在宇都宫附近是否发现过尸体？”

“不，是在足利。”

“足利？”

一听到“足利”这个地名，副教授顿时吃惊得说不出话来。“你是怎么知道这件事的呢？十月二十八日的确在足利发现一对老夫妇的尸体，第二天就在我们的研究室进行了解剖。”

“那对老夫妇叫什么名字？”

“应该姓小田，先生的名字我忘了……不过妻子叫节子。”

安藤先前调查过，浅川的岳父母叫小田彻和小田节子。

十月二十一日早上，浅川将录像机放在租来的车上，前往位于足利的岳父家，打算复制两盘录像带给岳父母看。

为了解救女儿和外孙女的性命，岳父母肯定会答应。没想到在回家的路上，浅川竟同时失去妻子和女儿，而且一个星期后，看过录像带的岳父母也丢了性命。

“解剖遗体的时候，我真是大吃一惊！因为他们死亡的时间几乎相同，而且又留下遗书……冠状动脉内居然长着奇怪的肿瘤，真是可怕……”

“你可以叙述一下遗书的内容吗？”

“只有一些类似记事的内容，我想那是他们面临死亡时写下的，而且就放在尸体旁边。”

“你方便透露一下遗书的内容吗？”

“请稍等一会儿。”对方放下电话，大约十几秒后又回来了，“不好意思，可能需要一些时间找，我待会儿给您传真过去好吗？”

“哦，那真是太感谢您了。”安藤告诉他传真号码，就挂上话筒。他保持原来的姿势，久久无法离开位子。

终于，传真机发出讯号声，安藤立刻跑过去拿下传真纸，摊开来看。

K 大学医学院安藤先生：

传给您小田夫妇的遗书，如果有新的进展，请务必通知我们。

J 医大　横田

在副教授签名的下方，附有小田夫妇俩的签名和几行文字。

我们已经将录像带处理掉，应该不用再担心了，真的感到很疲惫。良美、纪子以后就拜托了。

十月二十八日早上

小田彻　节子

文字很简短，应该是小田彻和节子在死前写下来的。良美和纪子应该是长女和次女的名字，前面写的内容到底是对谁说的呢？

他们已经将录像带处理掉了？“处理掉”的意思是埋起来了吗？应该不可能拿去复制……安藤顺着小田夫妇的心理去推测事情的发展。

十月二十一日星期天早上，女婿浅川前来拜访，对二老坦白，他们的女儿和外孙女因为录像带里面的咒文命在旦夕。结果他们马上就同意了，浅川得以复制录像带。但在同一天，女儿和外孙女还是遭遇了死亡。小田夫妇最初对浅川的话半信半疑，却因为女儿和外孙女死亡一事，不得不相信神秘录像带的威力。

女儿和外孙女出殡后，他们知道致死原因是起因不明的心肌梗塞，当下便有了心理准备。即使依照录像带的指示去复制，女儿和外孙女的性命还是被夺走了，因此，他们认为再怎么做也无济于事，后事也让他们疲惫不堪，因此有了厌世的念头。他们不想再复制录像带，只是静静地等待死神的降临。不知道小田夫妇是如何处理那两盘录像带的，是完全将它洗掉、当成危险物品丢弃，还是埋在庭院里？

安藤手边的记事纸上写着录像带的追踪表。

首先，在南箱根太平洋休闲乐园的 B-4 号小木屋里发现一盘神秘的录像带，浅川把它带回家后，又替高山龙司复制了一盘，录像带就此分成两盘。龙司那盘录像带后来又传到高野舞的手中，而且只留下开头十秒钟的画面，其他部分被洗掉了。浅川那一盘录像带则被哥哥顺一郎和故障的录像机一起扔掉了。从浅川那盘带子复制出来的两盘带子，也被小田夫妇处理掉了。如此一来，山村贞子的怨念产生的录像带已经从这个世上绝迹。

安藤好几次顺着自己列出来的图表推算，认为要灭掉病毒，就必须消灭录像带。录像带在八月底出现，短短两个月中就有九名牺牲者。这个月如果没有出现新的牺牲者，就证明录像带确实被彻底消灭了，这一连串的猝死事件即告终结。

浅川写的《铃》报告书如果也不存在了，人们就不用担心会由于原因不明的心肌梗塞丢掉性命。尽管如此，最根本的问题又在安藤的脑中苏醒：为什么只有浅川得以幸存？还有，高野舞现在在哪里？

安藤凭直觉认为，事情不可能这么简单就结束。

3

安藤在图书馆的柜台领了存放柜的钥匙，他一边走，一边脱掉夹克。即将进入冬季，安藤却只穿一件薄薄的夹克，旁人看了都替他冷。他一向很爱流汗，在设有空调的图书馆中，穿一件衬衫也觉得热。

安藤从公文包里拿出笔记本和笔，直接将夹克卷成一团，放到存放柜里。笔记本里夹着一张龙司血液中的病毒碱基排列表，这是安藤今天的功课。他将笔记本夹在腋下，走上三楼的阅览室，找个靠窗的位子坐下来。

在学生时代，他和龙司都热衷暗号游戏，家里买了很多有关暗号解读的书。不过在结婚和离婚这段时间，一共搬了三次家，不仅弄丢了那些书，他也对暗号游戏失去了兴趣。

暗号种类繁多，若是没有专用参考书里的换字表和频度分析表，就解不出来。安藤无法一下子把那些书买齐，只有到图书馆用功了。他拿出入门书，重温十多年前热衷的暗号结构和解读的基本常识，先从酷似天花病毒的碱基排列究竟属于暗号的哪种形式开始研究。

暗号大致分为将文章换成其他文字、记号或数字的换字式，改变单字顺序的转置式，以及在单字间插入多余文字的插入式三种，例如从龙司的肚子里露出的报纸上解出的“RING”，就是从数字转换成英文字母的换字式。安藤推测这些类似天花病毒的碱基排列大概是换字式。这里有 ATGC 四个碱基，当其中某个特定的组合转换为一个文字时，很有可能就是谜底了。

安藤先前曾将龙司遗体上出现的数字转换成“RING”这个单词，因此一看到碱基排列中有相同字母重复，自然便想到暗号。也就是说，“RING”这个单词的出现有两个目的，除了告知“RING”的存在，也提示了对于以后出现的暗号，可以用同样的换字式解读，说不定是伏笔。

从龙司的血液中发现酷似天花的病毒，可以假设发信人是龙司。龙司的遗体已经化成灰，但他的组织标本还留在研究室，他的 DNA 设计图还有无数个遗传信息存在于标本的细胞中。如果那个 DNA 继承了龙司的意识，并以语言的形式发出暗号……

安藤不由得重重地拍一下头：解剖者不该有过于滑稽荒唐的假设。

可是，如果这个碱基排列转换为特定词语的话，也就没有其他的解释了。理论上，从龙司的血液标本中取出一个DNA，就可以克隆出酷似龙司的个体。

疑似天花的病毒被混入血液中，龙司体内的DNA集合体试图给予它相当的影响，并在其中插入某种“语言”。龙司是想借此传达这种不明病毒的讯息。他为什么不在红细胞的DNA中，而只在疑似天花病毒的外部侵入者中插进“语言”呢？大概因为他曾是医学院的高材生，知道其他细胞的DNA没有被解析的可能。

这一连串的猝死事件，如果真是由病毒引起的，自然会在碱基自动解析装置下显示出排列顺序，龙司只是对类似天花的不明病毒施加一些小技巧，说出“语言”。即使龙司的DNA具有意识，旁人也不知他采用何种手段与外界联系。如今，既然DNA的双螺旋是用ATGC四个碱基排列构成，龙司只能使用这四个英文字母，加以巧妙组合来传达意识。他并不是为了防止第三者解读特地使用暗号，而是别无他法。

安藤有了这一层认知后，顿时一扫心中的阴霾，喜不自禁地在心底大喊：“说不定可以解开！”如果龙司残存在DNA中的意志是想利用碱基排列和自己说话，那个语言一定是自己能解开的。

为了检验论证是否有误，安藤不断地依照步骤确认，他害怕一旦走错入口，就会进入死胡同，永远找不到解答的途径。早先他把这个当消磨时间的游戏，现在恨不得立刻知道答案。

第一个难题就是如何区分这四十二个英文字母。

ATGGAAGAAGAATATCGTTATATTCCTCCTCCTCAAC AACAA

他尝试采用两个一组和三个一组的区分方式。

例一：每二个一组的区分方法

AT GG AA GA AG AA

TA TC GT TA TA TT

CC TC CT CC TC AA

CA AC AA

安藤将四个英文字母，每两个视为同一个单位，就会产生四乘四共计十六种组合，然后看每一组是否为一个文字。

这里又出现一个问题，这个暗号到底是以哪种“语言”来书写的？

以平假名为例，将浊音及爆破音都包含在内，共有五十个字母，很难分成十六组来表现。英文字母只有二十六个，意大利语只有二十个。判定出题者使用何种语言是解读暗号的关键。不过，安藤已经解决这个问题了。先前他顺利地将“178136”转换成英文单词“RING”，这如果是龙司给予的提示，那么可以大胆假设这次的碱基排列也能转换成英文字母。

他将四十二个碱基排列区分成两两一组，共得到二十一组。其中 AA 有四组重复，TA 和 TC 各有三组重复，CC 则有一组重复，所以共有十三种。安藤将这些数字写在笔记本上，翻开说明类的书，在里面寻找“文字出现种类数”表格。例如英文字母虽然有二十六个，而实际使用时，某些字母的使用次数较为频繁，像 E、T、A 等字出现的频率非常高，而 Q、Z 在一页文字里只出现一两次。暗号解说书的卷末经常刊载英文字母出现频率的统计资料，这个统计如果属实，就可以轻易推测出暗号是以何种语言写下来的。

统计的结果是：“在二十一个英文字母中出现的字母，种类平均数为十二。”

安藤一看到这个数据，不禁有雀跃之感：十二这个平均值和碱基排列的十三种非常接近，也就是说，四十二个碱基排列两两区分，共有二十一组，在各组碱基排列和某个英文字母相同的情况下，统计数据上并没有矛盾。

安藤暂且保留这一点，试着将碱基排列分成三个一组。

例二：每三个一组的区分方法

ATG　GAA　GAA　GAA　TAT　CGT　TAT

ATT　CCT　CCT　CCT　CAA　CAA　CAA

结果一共分成十四组，有 ATG、GAA、TAT、CGT、ATT、CCT、CAA 这七个种类。在十四个英文字母当中，出现的文字种类平均数为九，与七这个数字相差不远。安藤马上察觉到重复的地方很多，GAA、CCT、CAA 各有三组重复，TAT 则有两组重复。最令他在意的是 GAA、CCT、CAA 这三组的连续重复。在每一组等于一个字母的情况下，同样的字母应该不会连续出现在三个地方，例如 Feel、Class 等在结构中连续使用同样字母的单词不在少数，却没有连续出现三个相同字母的情形。

安藤顺手拿起旁边的原文书，试着在一页内数数看，有几个地方连续出现三个相同的字母，他翻了五六页，终于找到一处地方。而在这十四个字母当中，要找出相同字母连续出现三次的单词，几率几乎等于零。相反，四十二个碱基两两构成一组，相同字母连续出现两次的情形只有一次。安藤判断四十二个碱基应该是每两个一组，区分为二十一组，在统计上的差距最小。接下来的工作便是不断地反复尝试。

AT	GG	AA	GA	AG	AA
TA	TC	GT	TA	TA	TT
CC	TC	CT	CC	TC	AA
CA	AC	AA			

AA 的组合出现了四次，可以猜测 AA 指定的字母使用次数非常频繁。安藤再次翻开专业书籍中附的英文字母使用次数表，查出使用频率最高的是 E，于是他首先假设 AA 为 E。

出现次数次之的是 TA 和 TC（各三次），而且 AA 后面接着 TA、TC 后面接着 AA 的情形各有一次，这是重要的提示。这一点表示文字的连接有其特征，这也是经过统计整理出来的结果。安藤又将TA、TC与统计表上的字母互相对照，继E之后，使用次数也很高的是A。从这个情况来看,TA指的是A,依相同的理由，TC可以用T填进去,CC则以连接的方式来决定为N。到目前为止，暗号与字母之间组合得很圆满，在统计上完全没有抵触。

……	……	E	……	……	E
A	T	……	A	A	……
N	T	……	N	T	E
……	……	E			

安藤将这四十二个重复的碱基排列区分为二十一组，再将使用频率次数表和英文字母相对应，结果得出以上的字母排列。他以此为基础，再依据元音和辅音的关系，以及连接次数等相关线索，填补中间的空缺。

S	H	E	R	D	E
A	T	Y	A	A	L
N	T	I	N	T	E
C	M	E			

开头的SHE是“她”的意思，以下的字母不管怎么区隔，都无法成为一段有意义的文章。于是安藤又将E和A、T和N的位

置互换，依照字母位置重新排列。他为了省下书写的时间，直接从笔记本撕下纸，做了二十六张英文字母卡，仿佛玩游戏似的互相调换位置，结果排出如下排列。

T　H　E　Y　W　E

R　B　O　R　R　L

N　B　I　N　B　E

C　M　E

安藤一看到这列英文字母，脑中猛然出现“THEY WERE BORN……”这样的句子，意思是“他（她）们出生了”。他总觉得这不是暗号的正确解答，心想应该还有更合适的答案，于是继续重组。他大约花了十分钟，预测出以下的结果——第三、第六、第十八、第二十一个字母为同一个英文；第七、第十、第十一个字母是同一个；第八、第十四、第十七个字母是同一个；第十三、第十六个字母也是同一个。

在计算机中输入以上的条件，一定可以在短时间内得到答案，而且会列出所有满足上述条件的二十一个有意义的英文字母。但这样就无法区别出哪一个是龙司传达的讯息了。

安藤抱头思考着。上面的文字究竟代表什么意义，真是龙司要传达的讯息吗？

他在学生时代，有一段时期对暗号非常敏锐，只需一两分钟就可以在这种程度的题目中看出破绽——得改变想法，重新假设才行。

安藤专心思考，一时忘记了时间。他看了看手表，已经接近下午一点，顿感饥肠辘辘，决定先到四楼餐厅吃午饭，顺便转换一下心情。

4

安藤边吃饭边看着窗外公园里荡秋千和玩沙堆的小孩。过了下午一点，餐厅里原本汹涌的人潮逐渐散去，空着的座位越来越多。安藤的餐盘旁边放着碱基排列表，可是他的视线一直投向窗外，只要有五岁左右的小男孩出现，他就一直盯着看。

两年前，安藤还住在南青山的公寓时，一个星期日下午，他突然觉得一篇研究论文中的资料不足，于是带着儿子一起散步，来到这栋图书馆。入口处却写着“未满十八岁不可进入”的告示牌，安藤不放心把孩子留在外面，因此放弃了工作，和儿子一起到公园玩。他站在摇摆的秋千后面，推着儿子的背，现在那个秋千也在银杏树下荡着。安藤看到小孩的腿一会儿弯曲、一会儿伸直，就是看不到孩子脸上的表情。他好不容易将视线移回来，重新拿起笔，专心解读暗号。

安藤先假设了好几个方法，逐一尝试，如果行不通就马上放弃。才二十个字母左右，应该不用依靠频率或连接数表来解读，否则难度太高，无法将信息传出来。他回到阅览室，再次把四十二个碱基以三个一组的方式写在纸上。

ATG GAA GAA GAA TAT CGT TAT ATT CCT CCT CCT CAA CAA CAA

他刚才看到GAA、CCT、CAA这三组字母连续出现三次，因而判断它们在英文里无法形成单字，放弃了三个一组的假设。可是，如果适当地替换文字，这个假设可以再度成立，例如“OOOOEEEBBDDTPNHR”。

以这样重复多次的字母列为例，将这些字母列重新排列，就会出现以下有意义的句子。

BOB OPENED THE DOOR（鲍勃把门打开了）

安藤兴奋地准备着手，忽然又想到一个难题。一旦GAA或CCT决定了指定的英文字母，需要重新排列的时候，在解读上会花费很多时间。而且，若是没有任何关键词存在，就算解出答案，也不知哪个答案才是正确的。

说不定在“178163”的数字转换成“RING”时，已经指定了重新排列的顺序。当然之前找出的英文字母得是正确的才行。安藤一再告诉自己要转换思考方向，尽管心里这么想，但他仍以相同的模式进行着。将碱基以两个或三个一组的方式分组，然后替换为一个英文字母的想法，是否太牵强了？解出来的答案必须是特定的，而且不需要太复杂的程序。

这时，安藤已经无法集中精神，注视碱基排列表的视线也变得涣散。忽然间，他瞥见斜对角坐着一位低着头的年轻女子，模样很像高野舞。

她到底在哪里？说不定龙司是用这个暗号通知高野舞所在的地点。这个过于理想化的念头突然闪过安藤的脑际，他自己都觉得有些好笑：我怎么会将自己想象成一名侦探，正在拯救濒临危险的女主角呢？

安藤突然觉得自己做的事很愚蠢，以科学的角度来看：这只是将病毒的 DNA 中插入四十二个重复的碱基，既不是暗号，也不是其他东西。

太阳逐渐西斜，安藤手上的汗毛浮现一抹金黄色的光芒，他挺起腰杆看一下四周，想移到没有阳光的空位。不过，周围全是准备参加考试的学生，多数人躲在叠起来的书堆的阴影下，安藤只好继续坐在原来的位置。他重新调整一下姿势，继续和那四十二个碱基对抗。

这种三个一组的碱基和二十六个英文字母相对应的程序，不可能存在于函数中，在函数中，多对一或一对一的情况下，通常只有一个答案。那么要去哪里找这种对应方式呢？

安藤觉得很接近答案了，困顿的感觉霎时一扫而空。他站起来走向自然科学类的书架，从中抽出 DNA 的专业书翻阅，手心由于兴奋而渗出汗水。他急欲寻找的是三个一组的碱基和氨基酸互相对应的表格。

安藤终于找到那一页，和碱基表并排摊在桌上。当三个一组的碱基合成蛋白质时，就会依照这张表中显示的法则变成氨基酸。氨基酸共有二十种，四个碱基以三个一组来组合时，会有六十四种方式，如果将六十四种组合替换成二十种氨基酸的话，则会产生重复的情形。可是，三个一组的碱基替换成氨基酸的话，就是多对一的对应，哪一种组合都是对着一个氨基酸，相当于“终止密码”。安藤依照表格，将四十二个碱基和氨基酸的密码按顺序对应着填进去。

ATG	GAA	GAA	GAA
(Met)	(Glu)	(Glu)	(Glu)
TAT	CGT	TAT	ATT
(Tyr)	(Arg)	(Tyr)	(Ile)
CCT	CCT	CCT	CAA
(Pro)	(Pro)	(Pro)	(Gln)
CAA	CAA		
(Gln)	(Gln)		

接着，他只取氨基酸的首字母，试着将它们排成一列。

MGGGTATIPPPGGG

这些字看起来毫无意义，如何解释三个连续重复的地方才是重点。安藤相信应该还有别的解释，例如，在三个文字连续出现时，也要考虑到后面两个的空间。

MG——TATIP——G——

他试着写下可能的组合，但还是无法组成一个有意义的英文单词。

于是，他再次改变排列方式。

Met

Glu（3 个）

Tyr

Arg

Tyr

Ile

Pro（3 个）

Gln（3 个）

他停下笔，专注地凝视这些英文字母，大约一分钟后，眼中出现了一个英文单词。原来上面列出的三个重复密码，并不是“三个”的意思，而是指“第三个”，安藤依据这个定律，一一将指定的氨基酸密码取出来。

Met

Glu

Tyr

Arg

Tyr

Ile

Pro

Gln

眼前赫然出现“MUTATION”这个单词,它的意思是“突变”!

安藤一时忘记自己身处图书馆，不禁发出呻吟声。没想到，他用函数理论屡次试验，竟然解读出这个答案。

龙司，你到底想说些什么？安藤抱着头呐喊，胸口由于兴奋而激烈地颤动。

5

安藤站在图书馆大厅的公共电话前，拨了宫下的电话号码。另一端传来女主人正在准备晚饭和小孩子的声音，宫下试着用手遮住通话口，但还是无法隔绝那热闹的气氛。

“解出来了！那是什么样的文章？”宫下高兴地大声嚷嚷。

“并不是文章……而是一个单词。”

“好，快点告诉我正确答案吧！”

“MUTATION。”

“MUTATION？是‘突变’吗？”宫下重复了好几次，“你认为是什么意思？”

“我不太清楚。”

“你现在可以过来一下吗？”宫下提出邀请。他住在鹤见区北寺尾的一栋高级公寓里，出了品川车站，再换乘京滨快车，大约一个钟头可以抵达。

“可以。”

“你到车站时再打个电话给我，车站前有家很不错的店，我们去那边喝点东西，讨论这件事吧。”

“不要，爸爸不可以出去。”宫下正在上幼儿园的女儿察觉父亲准备外出，连忙跑过来抱住他的腰。安藤从电话中听到宫下斥责女儿的声音。虽然不是他约宫下出来的，但觉得自己好像做了坏事，失落和嫉妒顿时涌上心头。

“还是改天吧？”安藤好心地建议，宫下却严肃地回答：“不行，我想仔细听你述说整个解读的过程。不好意思，到了车站后给我电话，我立刻赶过去。”随后不等安藤回答就挂上电话。

宫下家那种祥和的气氛仍在安藤的耳边萦绕不去，他叹息一声，走出图书馆前往地铁站。

八天前，安藤去高野舞的公寓时曾经坐过京滨快车。铁道经过品川车站后开始上升，从高架桥往下望去，可以看到两侧并排的住家和商店的霓虹灯。现在是十一月下旬，才到六点天色就变暗了。安藤将视线投向东京湾的方向，看到沿着运河兴建的八围社区,从棋盘状的窗户中透出稀疏的灯火。尽管是假日的傍晚时分，多数住户的灯光都还没点亮。安藤仍然沉浸在解读暗号的余韵中，不禁将窗户的灯光看成一个文字的轮廓。远处一栋大楼上蓦然浮现出一个隐约的字形，但看不出有任何意义。

“突变、突变……”安藤一边欣赏远处的风景，一边重复。

远处的船上响起一阵汽笛声，电车刚好进站，坐在最后一节车厢的安藤伸出头念着车站名，他确定这是高野舞住的那一带。他还记得八天前从高野舞住的房间往外望，刚好看到京滨快车的车站近在眼前，连车站的人影也看得很清楚。这么说来，从车站这里能看到高野舞住的公寓。在电车里面看不到她的住处，于是安藤走上月台，越过栅栏探出头去，只见商店街和斑马线呈直角延伸到东边，他记得在前方数十米处，有一栋七层楼的公寓。

突然间,安藤听到电车即将启动的声音,电车门开始自动关闭,预备往川崎的方向出发。他慌忙在那栋七层公寓上寻找三楼的窗子，他记得高野舞的房间应该是三〇三室，从右边数第三间。这时铃声大作，电车开始启动。安藤瞄了手表一眼，现在才刚过六点，暗忖正是宫下和家人一起吃晚饭的时间，太早到达反而会打扰他们相聚的和乐气氛,令人过意不去,于是他决定搭下一班电车。他愉快地目送电车疾驰而去，又将目光移向那栋七层楼公寓。他数到三楼的窗户，从右边看过去，第三个房间还是没有亮起灯光。高野舞还是不在家吗?

就在那一瞬间，他看到第三个房间里发出淡青色的灯光，那道青白色光芒非常微弱，仿佛风中的旗帜一般摇晃，时而消失，时而出现。安藤身子往前倾，想确定那道灯光的所在，但距离太远，实在看不清楚。他很想到高野舞住的公寓里探个究竟，只花二十分钟就行了……他估计一下所剩的时间，出了检票口往商店街走去。

不一会儿，安藤来到这栋遥望已久的公寓下面，抬头看向三楼的窗户。敞开的窗户飘出纯白的蕾丝窗帘，加上对面某家租车公司的青色霓虹灯反射过来的灯光，正好形成安藤在月台上所见的景象。然而，这个事实无法抚平他的不安。他记得八天前去拜访高野舞的住处时，已经关上窗户，而且把拉到一半的窗帘拉到一边去了。他注意到这附近并没有风声，商店街旁边的树木也没有动静。在这个没有风的初冬傍晚，窗帘居然会动！

为何窗帘会飘动起来呢？或许房内有电风扇正在吹，电风扇风力的大小就牵扯到人为因素了……安藤越来越好奇，想再次到高野舞的房间去看看。

管理员似乎也休息了，管理室柜台上的帘子拉下来，整栋公寓静悄悄的，没有看到半个人影。安藤坐电梯上三楼，一走近三〇三室，他不由自主地把脚步放轻，动作也慢了下来。他看到三〇三室的门前，有一张写着“高野”的红色卷标贴在门铃下面。他犹豫着是否要按下电铃。确定走廊上没有其他人，他便将耳朵贴在门上，可是没有听到电风扇转动的声音，也听不到其他声响。

“高野小姐。”安藤不按电铃，只是小声叫唤主人的名字。他敲了敲门，仍然没有回应。

安藤相信高野舞一定看过那盘录像带，然而他感到不解：那盘录像带应该是在他去拜访的几天前才被洗掉的。在高野舞失踪后的第五天，到底是谁，又为了什么目的把影像洗掉呢？刹那间，安藤感到心底某种记忆开始苏醒，浴缸内的积水、水滴声、小腿附近被抚摸的感觉……上回他来到这里感受到的恐怖再次袭上心头。

安藤一步一步离开房门，心灰意冷地放弃探索此事。

“反正这世上仅有的四盘神秘录像带都被销毁，这件事已经宣告终结，不久后，应该就可以发现高野舞的尸体吧？继续待在这里也无济于事。”安藤一边喃喃自语，一边向电梯走去。他不想再勉强自己留在这里，很想快点离开。更奇怪的是，他不清楚为什么一到这个公寓，就有一股想逃跑的冲动。

安藤按下按钮，希望电梯赶快上来，嘴里还不停地念着：“突变……”

冷不防地，右边走廊传来打开门锁的声音。安藤感到全身僵硬，根本无法回过头去，只能将下巴略略往声音来源处抬高，瞄到三〇三室的房门从内侧慢慢打开。他慌忙按了好几次电梯按钮，可是电梯竟然又降到一楼。

他从门缝看见一道人影，终于松了一口气。只见一个穿着绿色连衣裙的女人从皮包里掏出钥匙，她一边往安藤这边瞄，一边锁门。安藤偷偷地观察她的举动，看到了她戴着太阳眼镜的脸，她显然不是高野舞。

这时，电梯门终于打开了，安藤赶紧走进去，一急之下竟然将“关”的按钮按成“开”。门要重新关上的那一瞬间，电梯门的缝隙突然伸进一只白皙的手，门再次打开了。穿绿色连衣裙的女人直直地站到安藤面前，她五官端正，大概二十五岁左右。女人把手放在电梯门上，稳重地按下“关”的按钮，再按下一楼的按钮。安藤靠在电梯壁上，面对着女子的后背，不禁在心中问道：“你到底是谁？”

女子身上发出一股刺鼻的奇怪香水味，不由得令安藤皱起眉头，屏住气息：这是什么味道？很像含有铁质的血腥味。

女子的长发如瀑布般披泻而下，扶着电梯壁的手雪白雪白的。安藤发现她食指的指尖被割伤了。她穿着无袖上衣的模样叫人觉得寒冷，她脚上没有穿丝袜，只套着便鞋。安藤感到毛骨悚然，极力忍住体内的颤抖。在这个狭窄的电梯中，他感觉时间过得很慢。好不容易到达一楼，那个女子马上走出大厅。安藤站在后面望着她的背影，心中暗忖：这个女人的身高不到一米六，身材很匀称，那件膝上十厘米的合身裙子展现出臀部极富魅力的形状。她的皮肤非常白皙，小腿上紫色的痣更加鲜明。

安藤伫立在原地好一会儿，直到那个女子消失在黑暗中。

6

安藤在约定的银行前面等候宫下，先前他以梦游者的姿态从高野舞的公寓走出来，一路上脑海中净是那个女子的身影。他认为那个女子应该是高野舞的姐妹，由于高野舞不在家，于是到她的住处来探个究竟。果真如此，那也没什么大不了的。但是，那个女子身上散发出一股怪异的味道，让人感觉很不舒服。安藤和她一起搭乘电梯下楼时，他确实感到一股面对未知事物的恐惧与不安。虽然那个女子确确实实拥有肉体，但是对安藤而言，她的震撼远超幽灵。

这时，银行大楼的角落出现一道豆粒般的光影，原来是宫下骑着一辆前面有车筐的自行车，飞快地往这边冲过来。

“喂！安藤。”他在安藤的面前紧急刹车，双脚跨在自行车上不停地喘气。

“你的速度很快呀。”尽管安藤已经等了十多分钟，但对于宫下这种老是迟到的人，这种速度算是奇迹了。

宫下将自行车停放在车站前的人行道边，带领安藤走进一条小巷子。几分钟后，宫下终于恢复平稳的呼吸，说得出话来了：“我知道‘MUTATION’是突变的意思，我也有那种感觉。”

“什么意思？”安藤简短地问道。

“先喝杯啤酒再谈吧。”宫下带安藤走进一家名叫“牛舌”的啤酒屋，问也不问就叫了两杯生啤和咸酥牛舌。宫下可能和店主很熟，只是用目光打一下招呼，就径自走向柜台边这个店里最安静的位子。

宫下先问安藤如何去解读那些碱基排列的暗号，还从手提袋中取出纸，要他说明解读的过程。他不时“嗯嗯”地点着头，有时还插上几句。

“‘MUTATION’好像不对哦。以这种方式解读，通常只能决定一个答案。”宫下飞快地说，轻轻地拍着安藤的肩膀，“你没注意到还有类似的情形吗？”

“类似情形？”

宫下从口袋里掏出一张折好的记事纸，上面描绘着非常复杂的图形。“你看一下这个。”

安藤接过来打开一看，是细胞内的DNA双螺旋如何再复制的过程。两种螺旋具有相辅的关系，一旦单方决定了构造，另一方也会自动决定构造因子，也就是说，在细胞分裂的时候，两把锁各自分成两个，顺着第一代、第二代这样一直复制下去。

“这是什么？”安藤问道。

“你回想一下物种进化的理论结构。”

关于进化论，目前还有很多备受争议的地方。例如新达尔文主义和今西锦司的进化论，基本概念就完全不同，至于哪一边的理论比较正确，当前还没有结论。除此之外，还有许多关于进化论的假设，真是令人眼花缭乱。从古到今，生物学家和哲学家都参与了这场争论，但是一直没有定论。从分子生物学的成果来看，进化的主要原因是突变和遗传因子重新排列，这一点也是最近才明朗化。

“突变是从那时开始的。”安藤很有自信地回答。自从他知道暗号的答案是“MUTATION”之后，就很容易掌握谈话的方向。

“没错，突变是引起进化的契机。不过，突变是生物引起的吗？”

宫下喝下一大口生啤，从胸前的口袋里拿出一支笔。他不等安藤回答，就在那张纸上写了一些东西，“如果遗传因子在偶然间有缺损，或是重新排列，这其中应该是发生了什么错误，才会这样。接着，错误又被拿来复制，因而引起突变，对不对？这就是我们现在思考的突变机械论。”

宫下用笔尖指着刚绘制的插图，进行说明。像这种偶然产生的遗传因子变化，还可以利用人工方式来改变，譬如可以用 X 光线和紫外线来照射它，引起改变。但是，突变几乎都是偶然发生的。如果经由正确的复制将 DNA 碱基序列传给子孙，也可能因为复制错误而引起突变，再次重复复制后发展成新的种类，这是进化的一个步骤。

“嗯，很类似……”宫下喃喃自语。安藤终于明白了宫下的意思，于是补充道：“是录像带的复制。”

“怎么，你也有同样的想法吗？”宫下一次夹了两块牛舌扔进嘴里，又喝了一口生啤。

安藤想整理一下所有疑点，他把桌上的记事纸翻到背面，写下来。八月二十六日，在南箱根太平洋休闲乐园的小木屋里出现一盘录像带。二十九日的夜晚，由于四个年轻男女的恶作剧，将最后“看过这些影像的人，一定要在一星期内把它复制给别人看才行”的讯息擦掉了，录进电视广告。这对录像带来说是偶然事故，可以说是遗传因子产生了错误，不料在错误的情况下，又被浅川拿去复制另一盘录像带，因此这个错误也被复制进去。然而录像带最后的讯息在复制过程中担任非常重要的角色，对 DNA 来说，遗传因子是一个个体，一旦受到环境的干扰，很容易引起突变。同样，录像带最后的部分被擦掉了，使录像带产生了“突变”。

安藤突然停下笔，喃喃道：“等一下，录像带是没有生命的。”

“你怎么替‘生命’下定义？”

大致来说，“生命”必须具备有复制能力和外壳这两个条件，以一个细胞为例，DNA 是管理复制的中枢，而蛋白质相当于外壳。但是，录像带的外壳用塑料制成，是长方形的黑色硬壳子，它是否具有复制能力……应该没有。安藤于是说：“录像带本身不具有复制能力，所以……”

宫下有些按捺不住地说：“所以说，这和病毒很像。”

这个回答几乎令安藤尖叫出声。病毒是一种奇妙的东西，它存在于生物和非生物之间，本身不具有繁殖能力，因此潜入其他生物的细胞中，利用那个细胞进行繁殖。而录像带本身也不具备复制能力，它以“在一周之内没有复制就会面临死亡”这种咒文来威胁和束缚人类，借人类的手达到繁殖的目的，这两种过程十分相似。

“但是……”安藤很想否定这个事实，但又害怕会有灾难降临，“所有的录像带全被毁掉了。”

这么一来，应该没有危险了，即使录像带和病毒具有相同的生命力，然而存于世上的四盘录像带已经被消灭了。

“那些带子都被处理掉了吗？不过，那是旧的种类……”宫下满头大汗地喝着生啤。

“旧的种类？”

“嗯，录像带产生突变，在复制过程中有了进化，因此产生了新的种类，说不定现在还潜藏在某处，而且形态和以前大不相同。”

安藤嘴巴大开，有好半天答不出话来。他的啤酒杯已经空了，很想喝杯烧酒、冰镇威士忌等度数更高的酒。只是他突然哑了，发不出一丝声音。宫下见状，替他叫了烧酒，并竖起食指和中指。不久，两杯烧酒放到吧台上，安藤伸手拿起，一口气喝了三分之一。宫下斜眼看着他说道：“如果录像带产生突变，在复制的过程中进化成其他种类，即使旧种类被消灭了，新种类也不会受到影响吧？龙司那家伙还能从冥界利用DNA的碱基序列来传话呢。难道你对‘MUTATION’还有其他的解释吗？”

安藤喝了好几口烧酒，头脑变得异常冷静。他开始相信宫下的说法，认为龙司使用“MUTATION”这个关键词的目的，是要提出警告。他的脑海中浮现出龙司一边嗤笑，一边诉说的脸庞：“并不是将录像带处理掉就可以安心了，突变产生的新种类很可能会出现在你的四周。”

艾滋病毒是在数百年前就存在的一种病毒，后来因为突变才现于世间。以前的病毒说不定不会感染人，而且也对人类无害，但因为突变，新产生的艾滋病毒就有能力破坏人类的免疫系统。相同的情况如果发生在录像带上……将发生突变的录像带播放给人看，无论看过的人有没有复制带子，都死亡了，只有浅川例外。但高野舞的失踪又该如何解释呢？

现阶段，安藤也不能妄下断言，他只能假设浅川是唯一的例外。“为什么只有浅川活着？”

“那家伙是个重要的关键点，没有人知道录像带到底发生了什么样的变化。”

“不，还有一个。”安藤终于将高野舞的事情说出来，他简单地说明浅川复制的那盘录像带经龙司的手转到高野舞手中，而且，高野舞的房间里还残留着她曾看过录像带的痕迹，而她将近三个星期不见人影了。

“就是说，即使两个人一起看录像带，其中也有人不会死亡？”

“浅川虽然还活着，但处于意识不清的昏迷状态。高野舞则是生死不明。”

“真希望那位高野小姐能活下来。”

“为什么？”

“不是很清楚吗？有两个人活下来会更好嘛。”

的确是这样，如果高野舞现在还活着，只要找出她和浅川的共同点，就能找出答案。安藤衷心祈求高野舞平安无事。

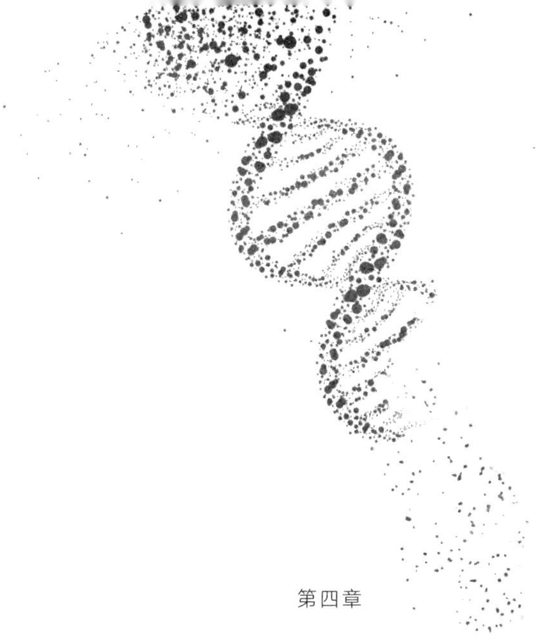

第四章

CHAPTER 04

进化

1

11 月 26 日　星期一下午

安藤解剖完一具溺水少年的遗体，向少年的父亲询问了一些事情，准备完成解剖报告书。少年的父亲确认出生年月日无误，将事故发生当天少年的行动详细描述了一遍。不过对方有些语无伦次，安藤的工作毫无进展。对方时常话说到一半就停下来，看着窗外，勉强压抑悲伤，那副虚弱的模样叫安藤看了十分不忍，很想赶快结束工作，从痛苦中解放出来。

此时，监察医务室内突然变得十分嘈杂，有一具身份不明的女性尸体正在运送途中，医务室内准备进行尸体的解剖与处理工作。这次由中山医生负责解剖这具身份不明的女性尸体，他是安藤的学长。刚刚从警察那里接到讯息，据说这具女性尸体是在屋顶上的排气沟发现的。医务室内，好几个助手和警官进进出出，显得十分混乱。

“尸体运到了。”助手池田的声音在医务室里响起，安藤忽然一阵颤抖，不由得往声音的方向看去。

“我知道了，请你准备进行吧。”中山是比安藤早两年进监察医务院的学长，目前在J医大法医学研究室工作。池田的身影消失了，接着来了一名警官，他和中山打了声招呼，主动拉了把椅子坐在中山旁边。

安藤又恢复原来的表情，继续先前没有完成的工作。可是，中山和警官的对话内容断断续续地传进他耳中，让他无法专心工作。警官好像在对准备解剖的中山说明发现尸体的情形。安藤停下正在书写资料的动作，竖起耳朵倾听，“身份不明”“年轻女性”等字眼不断在耳边重复。

“为什么会在大楼的屋顶上呢？”中山好奇地询问。

“我也不清楚，可能是想自杀吧。”

“发现遗书之类的东西了吗？”

“到目前为止并没有发现。”

“死在大楼屋顶上的排气沟里？没有人听到她呼救吗？”

“那栋大楼不在住宅区里。”

“那是在哪里？”

“品川区，东大井海岸公路旁的一栋十四层旧大楼。”

安藤蓦地抬起头来，大脑中浮现京滨快车沿线的风景。电车通过一处密集的住宅区后，有几栋仓库和大楼耸立在海岸公路旁，而高野舞就住在对面的公寓。“身份不明的年轻女性”、“海岸公路旁大楼的屋顶”……这几句话不停地在安藤心中重复。

“辛苦你了，如果有不明白的地方再打电话。”安藤向少年的父亲致意，表明今天的工作到此为止。接着，他把资料夹在档案夹中，从位子上起身，这时中山和警官刚好也站起来。安藤走向他们两人，先拍了拍中山的肩膀，再跟警官打个招呼，和他们一起从监察医务室走到解剖室。

“要开始解剖那具身份不明的女性尸体吗？”

“是啊，她身上没有任何证件。”警官回答。

“大约是多少岁的女性？”

“很年轻，大概二十几岁，如果还活着，一定是个大美人。”

二十几岁？高野舞是二十二岁，不过看起来还像十几岁的模样。安藤感到喉头紧缩，继续问道：“有没有其他特征？”

“安藤医生，你怎么了？”中山笑了笑，看着安藤的脸说，“一听到年轻的美人，就有兴趣了吧？”

“不，只是觉得有些怪。”安藤并没有跟着开玩笑，反而郑重其事地回答道。

中山看到安藤一脸严肃，马上收起笑容。

“啊，对了，有件事情很奇怪，务必要让中山医生知道。”警官忽然神情诡异地说。

“什么事情？”

“这具女尸没有穿内衣。”

“内衣……上下都没有吗？”

“不，只是下面没有。”

“尸体被发现时，衣着情况如何？”安藤和中山浮现相同的想法：

很可能是年轻女子在大楼屋顶上遭到强暴，然后被扔到排气沟里。

“身上的衣服很整齐，外观上并没有遭到强暴的痕迹。”

“她穿什么服装？”

“上身穿着衬衫和运动衣，下身是学生裙和长袜子，是比较朴素的打扮。”

可是，将近十一月底，渐渐迈入寒冷的冬季，这个女孩子为何没穿内裤，只穿着学生裙呢？难道这是个人的习惯？安藤无法想象竟会在那种场所发现这样的尸体。

“那道排气沟深三米、宽一米左右，位于楼顶上机房的旁边，平常用铁丝网围着，可是有一部分脱落了。”

“那个女人就是从那道空隙跌落下去的吗？”

“很有可能。”

“那个场所危险吗？很容易就会跌下去？”

“不，一般人没有特别的事应该不会接近那里，况且从电梯口通往屋顶的出口被锁住了。”

“那她是怎么上去的？”

“她利用螺旋状救生梯，就是大楼外墙上的梯子爬上去的。”

“对了，她会不会故意在排气沟旁脱下内裤？”

排气沟的深度有三米，一旦跌落，当然会受伤。安藤想到用内裤代替绷带包扎伤口的可能性，或是她想爬出沟中时做成小工具来使用。

“我们搜遍屋顶上每个角落，甚至连大楼附近也找过了，但是没有发现。”

“大楼的周围？”中山插嘴问道。

“如果她在沟底呼救，外面的人也听不到，因此很可能用内裤包着铁片或是其他东西往外一扔，引起别人的注意。不过，这个假设不太可能成立。”

“为什么不可能？”

“即使她站在沟底往外扔，也无法扔出栅栏外。”

“说不定那个女人在外出时就没有穿上内裤，这样想更自然。”

“现在没有更好的解释。”

他们三人在解剖室前停下脚步。

“安藤医生要旁观吗？”中山问道。

“嗯，一下就好。”安藤暗忖：如果那具尸体不是高野舞，我拍拍胸脯就离开。若是高野舞，就将现场交给中山处理再离开……当务之急是确认尸体的真实身份。

解剖室里传出水龙头的流水声，安藤感觉胃在翻腾，手脚开始微微颤抖，很想赶快逃出这个地方。

就在安藤犹豫之时，中山用力地打开门，率先走进解剖室，警官也随后跟上。安藤仍在门外发愣，从门缝中看到解剖台上横躺着一具裸露的白花花的尸体。

2

安藤有预感，该来的总有一天会来。他全身僵硬地跟着中山和警官慢慢靠近尸体。

尸体后脑附近的头发沾着一些干燥的污泥，脚踝呈现不自然的弯曲，这个部位的皮肤颜色不太一样，可能是骨折或扭伤引起的。颈部没有勒痕，也没有特别的外伤，由肌肉的僵硬程度看来，这具尸体大约死亡十个小时以上。安藤对高野舞生前的光滑肌肤有很深的印象，如果可以，他希望能一直拥抱她，和她肌肤相亲，这个妄想曾经不断在心中膨胀，如今，他永远失去这个机会了。一想到这位曾经让他拥有遐想的美丽女子竟然变成这副悲惨的形貌，安藤心中便不禁升起一股愤怒之情。

“混账，怎么会这样？”安藤吐出叹息声，中山和警官不约而同转过头来看着他。

“是你认识的人吗？”警官带着无法掩饰的惊讶问道。安藤轻轻地眨了一下眼睛。

“那是什么缘故……”

中山不清楚安藤和这个女人的关系有多亲密，一时间不知该说什么。

“你知道这个人的联络住址吗？”警官温和地询问，在他那客气的话语背后，一股期待若隐若现：如果安藤与死者认识，他就可以从寻找死者身份的辛劳中解放了。于是，安藤沉默地拿出记事本，翻出高野舞老家的电话号码，写在一张纸条上递给警官。警官看着纸条问道：“没有错吗？”

“不会错，这个人是高野舞小姐。”

警官立刻从解剖室飞奔而出，和高野家取得联络，告知对方高野舞的死讯。

安藤不想继续待在解剖室。一旦在高野舞的身体上划下一刀，室内立刻会弥漫起尸臭味，等到切开内脏检查时，那种恶臭更是难以形容。他不想闻到那种味道。不论生前多么清纯美丽，人死后依然难逃这种恶臭。他一直清楚这一点，也没有特别的感觉，唯独这次被青涩的感情束缚住，不想让高野舞在他记忆中的美丽被这股臭味代替。

“我先告辞了。”安藤在中山的耳边轻声说道。中山不禁诧异地问:“你不是要旁观吗？”

“研究室里还有事情要处理，稍后再告诉我详细的解剖情形。”

“知道了。”

接着，安藤把手搭在中山肩上，在他耳边轻声说:“请注意心脏的冠状动脉，不要忘记保存这个部位的组织标本。”

中山对安藤的说法感到一头雾水。“这个人有心绞痛吗？”

安藤没有回答，只是紧紧抓住他的肩膀说:“拜托你了。”

中山看到安藤眼中交杂的复杂情感，二话不说地点了点头。

3

中山解剖完高野舞的遗体后，回到监察医务院的办公室。安藤从隔壁的桌旁拉了一把椅子，双手抱胸靠着椅背坐下，等中山把资料填写完毕。

“看样子，你非常在意那具女尸。”中山头都不抬地说。

“还好。”

“你想看解剖报告书吗？”中山把整份资料拿到安藤面前。

“不用，你直接和我说重点就可以了。”

于是，中山把身子探向安藤。“那我就开门见山吧。死因并不是冠状动脉闭塞引起的心肌梗塞。”

安藤在解剖前曾经向中山提过死因可能是冠状动脉闭塞，然而并非如此。他努力地思考各种原因：难道她没有看那盘录像带？或是肉瘤还没有完全长成？

“冠状动脉内部没有肉瘤吗？”安藤不死心地再次确认。

“就我所看，是没有。”

“一点踪影都没有吗？”

“不是很确定，必须等组织标本完成才知道，现在很难下结论。”

“这样的话，她的死因是什么？”

“很可能是冻死的，身体过于虚弱，耐不住寒冷。”

“有其他外伤吗？”

“左脚踝骨折，两只胳膊肘也有裂伤，可能是跌落排气沟造成的，伤口上还有水泥碎屑。”

高野舞失足跌落排气沟，造成骨折，在三米深、一米宽的沟底，她没有办法脱身，只有靠着雨水暂时存活。安藤不禁在脑中想象高野舞的凄惨遭遇。

“高野舞在沟底存活了几天？”

“大约十天左右吧。”

她的胃肠里面没有食物，也没有多少皮下脂肪。

“十天……”

如果高野舞跌落排气沟之后十天才死亡，死后五天才被人发现……安藤马上翻开记事本，由此推算高野舞失踪的时间大约是十一月十日前后。而她与安藤约定的时间是十一月九日，当天安藤一整天都没有接到电话，可以推测她在这一天之前失踪。此外，高野舞的公寓信箱中挤满十一月八日以后的报纸。照这种情形来看，她在八日到九日间可能出了什么事，所以才离开房间。

安藤特地在十一月八日、九日这两天标上记号。这两天，她到底出了什么事？他试图站在高野舞的立场，勾勒出她的遭遇。

高野舞被发现的时候穿着运动衣、学生裙，奇怪的是，她没有穿内裤……安藤回想起他去查看高野舞房间时的情形，那天是十一月十五日，如果解剖结果正确的话，当天她已经被困在屋顶上，等待别人来救援。那时候，安藤感觉到房间里有异物，仿佛存在着某种生命气息。

“啊，还有……”中山突然想到一件事，竖起食指说。

“什么？”

“安藤医生，你和她的关系很亲密吧？”

“不，没有多亲密，我们只见过两次面。”

“是吗？最后一次见面是在什么时候？”

“好像是上个月月底。”

“这样的话，就是她死亡前二十天……”中山的态度看起来十分暧昧，安藤不禁用认真的眼光注视着中山，催促他赶快说下去。

“她已经怀孕了吧？”中山说得很快，安藤一时没有会意他在说谁的事情。

“你是说她吗？”

“当然是高野舞小姐。”中山睁大眼睛看着安藤狼狈的表情，“你不知道吗？”

安藤极度震惊，根本答不出话来。

“安藤医生，你没有注意到女性即将临盆的明显特征吗？”

“临盆？”安藤重复这句话，然后望着天花板，努力回想高野舞的身体曲线。她不管是穿着丧服还是洋装，腰部都束得很紧，整体上给人的印象很修长，葫芦状的身材曲线很有魅力。安藤明明在高野舞的身上闻到过处女的气息，没想到她居然怀孕了，即将临盆……他越想越觉得不可能。

“偶尔会有这种情形……有些女人虽然接近临盆，但是肚子不会很大。”

“不是肚子大小的问题。”

中山发觉安藤有些误解，他连忙摆手，举出三个事实：“第一，她的子宫膨胀、变大；第二，子宫内壁由于胎盘剥落造成损伤；第三，腹腔内充满褐色的分泌物，残留着小肉片，看起来似乎是脐带的尾端。”

这怎么可能？安藤不断在心中呐喊。

但像中山这样有经验的法医不太可能犯错，假如解剖结果真是如此，只有一个推论——高野舞在跌落排气沟之前，就已经生产完毕。应该在这个月的七日左右，她突然觉得即将临盆，先到妇产科去待产。生产完后，在医院住了五六天，然后在十二日或十三日左右出院。说不定小孩子并没有顺利生下来，她因为过度悲伤才走到大楼屋顶上，一不小心跌落到排气沟里，今天早上才被人发现。

不过，安藤依旧无法释怀，因为高野舞的肚子一点都不大。他始终记得初次见面的情形：在这个办公室见面时，他在解剖龙司之前，按例询问第一个发现尸体的高野舞一些事情。高野舞跟着刑警进入办公室，正要坐下来，安藤注意到她的身体左右摇摆，而且用手抓着旁边的桌子支撑，一看就知道是贫血。安藤闻到高野舞身上带着血的味道，凭直觉认为那是月经引起的贫血。他与高野舞四目相接，从她的眼神中读到这样的回答："这是女人每个月都有的事，不用担心。"监察医务院是公共场所，高野舞不希望造成不必要的骚动，因此用眼神传递这样的讯息。这借由意识传达讯息的奇妙经历，深深地留在安藤的记忆中。

安藤还记得很清楚，龙司的解剖日期是上个月的二十日。一位在上个月下旬正值经期的女子，怎么可能在这个月生下小孩呢？女性在怀孕的时候，月经也会跟着停止……难道是我误解了吗？安藤越想越难以释怀，他对自己那时候的直觉非常自信，可是解剖结果却无情地否定了他的直觉。

他从椅子上站起来，指着解剖报告书。"这个可以借我复印一份吗？"他想把报告书带回家慢慢研究。

中山将整份资料稍微整理一下便交给他。

"啊，还有一件事……血液有取样吧？"

“当然有。”

“可以分一点给我吗？”

“没问题。”

安藤想检查高野舞的血液中是否带有疑似天花的不明病毒，一旦发现，就可以证明她看过那盘录像带。查清这件事是否与录像带有关，就接近“突变”的谜底了。

4

昨天发现高野舞的尸体前后，安藤接到了浅川和行的死讯。由于病情恶化，浅川和行从品川济生医院转到S大学医学院附属医院，没多久就去世了。根据主治医生的说明，浅川和行由于受到感染，很安详地咽下最后一口气。他因事故而丧失的意识，一直到最后都没有清醒过来。

安藤前往S大学附属医院，对负责的医生说明解剖浅川时的几个注意事项，其中包括检查是否因肿瘤引起冠状动脉阻塞，病变部位是否发现类似天花的病毒。交代完毕，他离开S大学附属医院。在前往车站的途中，他开始感到遗憾：浅川握有重要的讯息，却没有说出只言片语就走了。他的死亡究竟是偶然还是必然？高野舞之死也是同样的情形。浅川是遭遇交通事故，高野舞则是掉进大楼屋顶的排气沟，两人都是身体机能慢慢衰竭才失去性命。他们是不是看过录像带才死亡的，这一点倒是很难判断。

安藤边走边想到一点：发现高野舞尸体的那栋大楼，刚好离S大学附属医院不远，为什么她会爬上那里呢？他越想越奇怪，不禁想到现场去一探究竟，走回中原路叫了一辆出租车，花十分钟到达事故现场。途中，他又转到花店去买了一小束花，然后在T运输公司的仓库前面下车。

他站在人行道上，抬头看着坐落在仓库南边的大楼，那正是高野舞陈尸之处。这栋陈旧的十四层建筑，外面的确有螺旋状的救生梯。

走向正面的大厅时，安藤停下脚步，转而走到外面楼梯的入口处。他想弄清楚高野舞是用什么方法到达屋顶的，她究竟是搭电梯到十四楼，然后爬楼梯到屋顶？还是从一楼就开始爬楼梯？

一到晚上，大楼正面大厅的电动门会降下来，想坐电梯就得经过有门卫看守的侧门。但深夜时分，门卫就不在了，侧门也被关上，因此只能从外面的螺旋梯上去。安藤看到螺旋梯的二楼平台处围着格子状的栅栏，似乎不能再往上爬了，不过他仍然决定先爬上去。

安藤试着转动铁栅栏上的把手，把手却一点也不动，可能是为了防止有人从外面侵入，从内侧反锁了。他估量铁栅栏大约只有一米八高，动作敏捷的人都可以攀过去。高野舞在初中和高中时代是田径队员，可以很轻松地翻过去。安藤往旁边看过去，那边有个通往大楼的门，他转一转门把，连这个门也上了锁。高野舞是何时爬上这栋大楼的？如果是白天，可以使用电梯到达十四楼。如果是夜晚，就只能越过栅栏爬上楼梯了。

安藤绕过正面大厅进入大楼，来到电梯前搭上其中一部，电梯内记载着各层办公室的名称，但有一半的楼层都没有标上名称，气氛有点诡异。电梯在十四楼停下来，安藤走在黑暗的走廊上，找寻通往屋顶的楼梯。遍寻不着，他只好从走廊尽头的门出去。

一走出门口，强风从海上吹过来，安藤将大衣领子竖起来。这是他第一次站在大楼的最上层，东京湾就在附近，从这个位置可以看到东京海底隧道两个不自然的黑色洞口，很像溺死者浮在水面上的鼻孔。他回头找寻可以攀爬的地方，发现大门旁边的墙上有一座通往楼顶的梯子，大约有三米高。安藤将花束咬在嘴里，用两手的力量往上爬。

安藤一边努力地往上爬，一边想，为何她一定要从这里往上爬呢？应该不是跳楼自杀，如果从屋顶往下跳，身体往下掉落两三米左右，就会被下一层楼的阳台接住。不从十四楼外面的楼梯往下跳，身体就不会掉落到地面。

安藤终于爬上屋顶，四周都没有栏杆，防水涂料完全剥落，每走一步都好像会凹陷下去似的，让他不想站到阳台边。他小心翼翼地站在其中一个水泥突出物旁，环顾四周。在一年中太阳最早下山的季节里，大楼和商店街的霓虹灯亮了起来。运河的另一边，京滨快车通过月台，正从高架桥上奔驰而过。

安藤以车站为起点，将视线移到高野舞住的公寓，又移开视线——越过街道，在沿海岸的道路上右转一百米，就是他现在站的位置。接着，他又将目光转回高野舞的公寓屋顶，那是一栋七层的建筑物，高度不及这栋大楼的一半，而且它建在商店街的热闹之处，四周被高楼大厦和公寓围住，那是和这栋大楼最大的不同点。

安藤小心地走下来，站在两间并排的小屋子中间，其中一间是管理电梯机器的房间，另外一间则用来放置空调机。南边那间小屋上摆着一个非常大的蓄水槽，两间小屋中间有一条用来排气的深沟。

安藤伫立在排气沟前，排气沟被铁网覆盖住，上面开了一个个洞。脚一踏到黑暗的长方形边缘，就好像要陷下去似的，安藤不敢再靠近。他略微前倾，把花束扔进一个洞中，双手合掌为高野舞祈祷。如果昨天修理电梯的技师没有上来，可能要更晚才会发现她的尸体。

四周已经被一片黑幕笼住，海风强劲地吹过来，安藤有些冷，身子开始打战。他没有勇气下去看看沟底，甚至光看外观就起了一阵鸡皮疙瘩。在这个狭窄的空间里等待死亡一定很恐怖，更不用说她从上面掉下去，摔伤脚踝，无法站起来，只能望着天空等死。高野舞死前究竟在这里待了几天？

这时，管理电梯的机房里发出绞盘卷起铁链的声音，大概是电梯在上下移动。安藤往后退了几步，看到机房粗糙的外表染上一层黑色油漆，到处斑驳不堪，可见这里是人迹罕至的地方。他加快脚步离开，从屋顶爬下楼梯，因为距离十四楼阳台还有一米高，只好直接跳下来。着地时，他的脚底感到一阵麻痹，身体不由得跟着弯曲，这才看到眼前放着一把生锈的梯子。

安藤走进十四楼，回到电梯边，此时正好有一部电梯往上升。

等待时，他极力思索着高野舞为何会爬到屋顶上。她有可能是被坏人追赶才上来，坏人一路跟着她爬过栅栏，她没有地方可躲，只好一直爬上去。结果她最初的判断错误，便把自己推进了死胡同……

这时，电梯门打开了，一位年轻女子站在里面。安藤和她四目交接，赫然想起这个女子曾在高野舞的房间出现，还和他一起搭乘电梯下楼，他看到了她手上断裂的指甲，又闻到了她身上的臭味，感受到了她散发出的令人无法忘怀的怪异气氛。他张开双腿，一动也不动地站在女子面前，脑中一片混乱，不知该怎么做才好。他在心中找寻各种理由，解释她为何会出现在自己眼前，但恐惧感越升越高，绞尽脑汁也找不到合理的解释。

电梯门在两人的面前关上，年轻女子马上伸手按住门，让它维持打开的状态。女子的动作非常优雅，青色圆点图案的裙子下露出一双没有穿丝袜的白皙的腿，她左手拿着一小束花。安藤怔怔地盯着那束花。

“我好像在哪里见过你。”年轻女子率先开口，她的嗓音比较低沉，但是很有魅力。安藤张开嘴巴好半晌，终于自喉咙深处挤出一丝声音。他带着一份期待的心情问道：“啊……你是高野小姐的姐妹吗？”

从他第一次在高野舞的房门外遇到她，以及今天她爬到这栋大楼屋顶、手中还拿着一束花来看，这是唯一的合理解释。年轻女子微微转动一下脖子，从她的表情看不出是肯定还是否定，然而安藤决定把它当作肯定。

姐姐捧着一束花来到高野舞的陈尸处……安藤不禁觉得自己先前的恐惧实在太好笑了。不过，他也说不上来究竟在害怕什么。两人初次见面的时候，他觉得这个女子全身充满妖气。如今谜底解开了，他现在只注意到她美丽的外表。这个女子有细致的鼻子、双眼皮，亮晶晶的大眼睛眼尾稍微往上翘，还有圆润的双颊……前几天安藤在高野舞的公寓碰到她的时候，她戴着太阳眼镜，所以他没看到这双大眼睛。今天第一次看到她美丽的双眸，触到她勾人的眼神，安藤感觉不太自在，胸中顿时起了一阵骚动。

“真抱歉，你是……”年轻女子故意提高声调问道。

“我在K大学医学院任职，名叫安藤满男。”安藤表明自己的身份，却无法一语道清他和高野舞的关系。年轻女子走出来，用右手压住电梯，以眼神示意安藤快点进去。她优雅的动作中有一股叫人无法抵抗的力量，安藤不知不觉地顺从她的指示走进了电梯。

“下次再去拜访你。”电梯门快关上之前，年轻女子说出这句话。之后，电梯开始缓缓下降。安藤的胸中，一股无法压抑的情愫慢慢发酵着，年轻女子的倩影鲜明地留在脑海中。安藤的家庭破碎以来，高野舞是第一个让他有性幻想的对象，但是今天受到的冲击比以往更强烈。即使只相处了十几秒钟，安藤已对她小腿的曲线与斜飞的眼尾留下深刻的印象。一股无法按捺的冲动突然袭上胸口，他一走出大楼，马上叫了一辆出租车，急忙赶回家。

她到底有什么事情，而“拜访”又代表什么意思？该不会只是一句客套话吧？安藤很后悔没有问她的名字和电话号码，更奇怪的是，他觉得自己刚才的种种举动深受那名女子的影响，仿佛丧失了意志。

5

解剖高野舞的尸体之后，又过了一个星期，进入十二月，天气马上充满冬天的阴冷。安藤一向讨厌冬天，最喜欢春夏两季。儿子去世以来，他就不再关心季节的变化，但今早骤然变冷的天气让他也留意到冬天来临了。他在前往大学的途中一直犹豫着该不该回家去拿件毛衣，最后还是没有回去拿。

从安藤位于参宫桥的公寓到K大学附属医院，步行还有段距离，但是搭车也不方便，因此为了增加运动量，安藤有好几次改用走路的方式上下班。本来他今天也想这样做，但天气不佳，便决定到代代木坐国铁。

今天早上，安藤要和宫下、电子显微镜专家根本一起用显微镜观察高野舞和龙司的细胞。他无法压抑焦躁的心情，恨不得马上赶到学校。到目前为止，其他地区并没有发生疑似天花病毒的感染病例，也没有因肉体的接触而染上病毒的报告。从以上两点以及在高野舞的房里发现一盘被擦掉的录像带来看，如果从高野舞的身上发现疑似天花的病毒，就可以断定她看过录像带，也就是说，在她身上发生的突变是由录像带引起的。

安藤一进入研究室，宫下精神饱满地向他打招呼。“哦，就等你了。”宫下和根本花了一周做电子显微镜观察的事前准备。病毒这种东西，不是想观察就可以马上用电子显微镜看的，必须装上离心机，还要准备细胞切片，诸如此类的工作都要在事前做好。

“请把房间的灯关掉。”根本开始下指示。

“OK。”宫下轻快地回答，立即关上灯。接着，根本独自进入暗室，用支持器固定超薄切片。宫下和安藤则半句话也不说，在控制台前面坐下来，专心地盯着银幕。不久，根本又回到原处，他关掉仅留的一盏灯，完成所有准备工作。

三个人屏住气息盯着银幕，细胞切片在电子光束的照射下，呈现给他们一幕微生物的世界。

“这是谁的？”宫下向根本询问道。

“高山龙司。”

银幕上放映出来的绿色图案，仿佛自成一个宇宙。根本转动控制台的按钮，银幕上的细胞便跟随他的调整流动。

“再把倍率提高一些。”

宫下一下指示，根本马上把倍率提高到九千倍，能清楚地认出坏死细胞的模样，发出光亮的细胞质上有显示溃散的黑块。

“对准右上角的细胞质，再提高倍率。”宫下看着坏死细胞上的斑点，根本又将倍率提高到一万倍。

“再提高一些。”

根本马上将倍率提高到二点一万倍。

“就这样，停！”宫下朝安藤靠过去。安藤挺起上半身，向银幕靠近，看到一些东西在动。在逐渐坏死的细胞中，无数像蛇一般的病毒来回游走，啮咬着染色体表面。安藤感觉后背蹿起一阵凉意，他从来没见过这种病毒。即使不曾把天花病毒拿到显微镜下观看，只从教科书中看过两三次，他还是可以分辨出两者的不同。

“真是可怕！”宫下张大嘴巴。这种病毒如果流过血管内部，再输送到冠状动脉，就会到达前降支的内膜，让那个部位的细胞发生变化，长出肿瘤来。清楚了那些组织结构，发病原因并不神秘。但是现在他们看到的病毒是由“意识”的运作产生出来的。它并不是从外面侵入的，而是看过录像带的影像后产生的意识。这么说来，生命在萌芽的一刹那，就已经具有某种意识作用了吧？

正当安藤的思绪偏离主题时，宫下却喃喃自语道：“‘RING’是什么？”

安藤将视线移回银幕上。宫下不知为何显得欲言又止。

这些病毒的形状可以比喻成什么呢？有弯弯曲曲的，也有像壶状的，大部分像椭圆戒指的形状……以戒指来形容它最贴切了。安藤和宫下发现这种病毒具有奇妙的形状，于是将它命名为“RING病毒”。

“你觉得如何？”

宫下非常佩服安藤的判断，觉得这个名称非常适合，但这反而使安藤有些不安。一旦事情的发展尽如人意，反而会让人怀疑其中是否有“神”的力量存在。安藤不禁思考事情的发端究竟是什么。一开始，他从龙司肚子里露出来的报纸上发现“178136”这几个数字，解出一个暗号“RING”，后来又从浅川和行那里发现一份标题为《铃》的报告书，里面写着令人无法置信的事实。

如今，他们又在电子显微镜下看到一群环状病毒，每一轮回就会改变形状,似乎象征这种“RING 病毒”具有强烈的自我改变意志。

根本的表情和平常不太一样，他放映投影仪的手不停地颤抖。放映到第七张时，根本将高野舞的血液底片拿到暗室里显像出来，将高野舞血液细胞的超薄切片放在支持器上面，然后回到控制器前面，按了一下按钮。“这次是高野舞的细胞。”

根本像刚才那样慢慢地提高倍率，没花多少时间就找到了病毒。没有错，果然是同一种病毒，而且弯弯曲曲地蠕动着。

“是相同的。”安藤和宫下同时张大嘴巴叫着。可是身为电子显微镜的专家，根本察觉到了其中微妙的差异。

“很奇怪。”根本托着下巴，歪着头说道。

“你发现什么了吗？”

“不是，还不能确定，必须用照片详细比对。”根本做事一向慎重，他不想光凭刚才看到的龙司血液中的病毒就下结论。作为科学家，凡事不能仅凭印象就下结论，必须有根据才行。

于是，根本将高野舞血液中的病毒和龙司的作比较，龙司有一部分病毒的环被切断，像是蛇卷起身子形成壶状的东西，此外大部分是完美的环状。可是高野舞血液中的病毒，大部分的环状部位被切断了，而且像线一样伸长。根本为了确认自己的看法，特地选了一个看得特别清楚的病毒，将焦点对准它。银幕上清楚地显示出这个病毒的形状，它仿佛从头部延伸出长长的鞭毛，像波浪一般摆动。

霎时，安藤、宫下和根本想到了相同的事情，只是大家都不敢说出口。

根本再将环状病毒的照片拿来作比较，很明显，高野舞的环状病毒中呈现线状的比龙司多。经过统计之后，龙司的病毒里仅有十分之一的线状病毒，而高野舞则占了一半的比率。不该差这么多呀。

安藤认为，所有猝死的尸体应该都保存细胞切片，用电子显微镜来检查血液中的病毒。

6

安藤在结束正月休假的那个星期五，整理所有猝死案件的解剖报告。他分析照片感到疲倦时，就走到窗边眺望外面的景色，顺便让眼睛休息一下。宫下也没有休息，把一张张照片排在桌上，仔细地比对。

这一连串猝死事件中，包含浅川和高野舞在内，死亡人数达到十一人。而且，他们还在所有人的细胞切片中发现相同的病毒。死因确实是这种病毒引起的，病毒中，环状和线状的病毒可分为两组。只有高野舞和浅川的线状病毒占血液细胞内所有病毒的一半，其他人只占十分之一，生和死的分界点也就在这里——线状病毒如果增加到一定的比例，可以免除心肌梗塞的死亡威胁，这可以从统计资料上看出来。但是，目前还不清楚它必须达到怎样的比例才能免除死亡。

高野舞和浅川看了录像带，体内产生了环状病毒，到这里为止，所有步骤都与其他九人相同。但由于某种因素的影响，病毒的环有了切痕，并开始延伸成线状。这种病毒的数目如果超过某个比例，观看者就不会因心肌梗塞死亡。问题是，为什么只有高野舞和浅川体内病毒的环被切断？他们和其他九人有什么地方不一样吗？

“会是免疫系统不同吗？”安藤提出这个疑问，宫下歪歪头：“免疫系统啊……”

“或者是……”安藤停顿下来。

“什么？”

“病毒本身的性质？”

“我也认为是这方面的问题。”宫下一边附和，一边挺着大大的肚子，把双脚放在前面的椅子上，“一开始由于那四个年轻男女的恶作剧，录像带的后半段被擦掉，因此出现一个出口，病毒开始产生突变。到此为止的过程，可以从龙司的 DNA 传递的讯息得到印证。那么，到底产生了什么样的突变？还是有了什么进化？这个问题的关键就在于高野舞和浅川体内的病毒，尤其是线状病毒的特征。”

“病毒的特征是借着寄宿的细胞进行繁殖。”

“当然。”

“这样的繁殖有时会变成大爆发。”中世纪曾经广为流行的黑死病，以及近代的西班牙感冒，就是病毒爆发性增加引起的流行病。

“所以呢？”宫下催促安藤快点讲下去。

“你想想看，依照‘不在一星期内拷贝就会死’的这个讯息，将一盘录像带拷贝成两盘，这种速度非常缓慢，就算观看者忠实地听取命令，一个月内不是只能增加四盘吗？”

“嗯……没错。”

“那样一来，根本没有什么好怕的。”

“你的意思是说，这种方式不像病毒？”

“如果以这种方式增加数量，还不能称为繁殖。”

“你到底想说什么？”宫下直直地盯着安藤的眼睛。

“只是……”安藤也不知道自己到底想说什么，只觉得事情仿佛朝坏的方向走。一个病毒能在短短几秒钟内繁殖到数千万个，它能自行大量复制。可是录像带是一盘一盘地翻录，效率实在太差了。不过，如果因突变而产生了新种类，就另当别论了。

“我有一种不祥的预感。”安藤望着环状病毒的照片，照片中数量庞大的病毒重叠在一起，看起来就像录像带中纠缠的线。山村贞子运用超能力，在临死前将能量聚集在井底，因此井底残留着某种能源，一经触发，便出现了录像带。观看者看了这盘录像带，体内便产生“RING 病毒”，真正增加的并不是物质，而是录像带和 DNA 刻印下的遗传信息。可是，病毒却在某个环节产生了意想不到的变异。

“是大灾难来临前的预感吗？”宫下毫不在乎地说出最坏的结局。

“这种预感非常奇特，没有办法用字眼来形容。”安藤解剖龙司的尸体之后，就被迫进入这个奇异的世界，一想到高野舞，他就觉得心烦。高野舞死亡后，又过了一个半月，没有线索得知她生出来的究竟是什么东西。不过，安藤不认为她会生出一个可爱的小孩。

“不要想得那么严重。即使是突变，那个家伙也不一定能适应外界的环境。”

“你的意思是说，突变种最后也会被消灭？”

“这种可能性并不是没有。”

“你真乐观。”

“这和一九一八年大流行的西班牙感冒病毒一样，虽然一九七七年又在美国发现，但是当时并没有造成任何死亡。也就是说，这种病毒刚出现的时候，在世界上造成两千万到四千万人死亡，六十年后，却成为几乎无害的病毒。”

“也有因为‘突变’而使得力量丧失的例子。”

的确，自从发现高野舞的尸体以来，就没有再听说这一类猝死事件。安藤不仅在报纸上搜寻，更运用在警界的关系去搜集这方面的信息，可是并没有捕捉到相关事件。诚如宫下所说，新生的变种在短时间内可能会无法适应外在环境，失去感染他人的能力，甚至被消灭。

“现在我们要从什么方向着手？”宫下一面用脚转动转椅，一面问道。

“啊！我忘了做一件事。”

“什么事？”

“不知高野舞是在什么时候把录像带拿到手的。”

“这很重要吗？”

“嗯，我总觉得不太对劲，想确定一下日期。”这阵子安藤一直忙于分析病毒，忘记去确认这件事。

7

安藤轻而易举地查到了高野舞拿到录像带的准确时间。首先，他打电话到龙司家中询问，龙司的母亲一听是儿子的大学同学，口气非常亲切。安藤询问她是否有位叫高野舞的女孩前去拜访，龙司的母亲立刻回答：“是的，她来过。”

龙司的母亲从记账本里粘贴的蛋糕收据上，查出准确日期是去年的十一月一日。安藤记在记事本上。

“对了，高野小姐为了什么事情去拜访您？”

龙司的母亲说，高野舞在帮龙司整理连载论文的手稿时，发现里面有缺页的情况。

“这么说，高野小姐是为了要找原稿才去的。”安藤一面询问，一面将连载龙司论文的出版社记下来。得到这些资料后，他立刻挂断电话，他害怕对方询问高野舞的近况，一旦向她说出高野舞的死讯，肯定又会有一连串的问题。

十一月一日，高野舞去拜访龙司的老家，寻找遗失的原稿时发现了那盘录像带，带回家里。她很可能当天就看了录像带。病毒的繁殖会在一周内达到顶峰，十一月八日，高野舞的身体应该产生了某种变化。

安藤和她约定十一月九日一起吃晚饭，当天他还打了好几次电话，可是高野舞都没有接听。难道那时她已经掉进排气沟了？

解剖的结果显示，高野舞死亡的时间大约是十一月二十日前后，跌落的日期大约是在十天前，也就是在十一月八日或九日产生了突变，由此来推算，高野舞看录像带的日期应该是十一月一日。

安藤接着来到图书馆，在杂志区找到刊载龙司论文的《潮流》杂志。这本杂志在去年十一月二十日发行的那一期上，刊载了龙司以“知识的构造”为题的最后一篇论文。安藤得到一个讯息：高野舞整理好龙司的原稿后，将它交给《潮流》杂志的编辑，这代表她在看过录像带之后，曾经和别人见过面。于是他马上打电话到《潮流》杂志的编辑部，与这篇文章的责任编辑预约拜访时间，准备当面解决一些疑点。

安藤从水道桥下了国铁车站，按照地址走了五分钟，就看到前面有一栋S书房综合出版社大楼。他在前台说明与《潮流》杂志的编辑木村有约之后，便在休息室里等待。安藤非常感谢木村肯答应与一个素未谋面的人见面，他从电话里的声音判断，木村可能是个二十几岁的年轻人，他在应对上很圆滑，给人稳重的印象，应该是个戴着银边眼镜的英俊年轻人。不料出现在眼前的，居然是个穿着花格子吊带裤的矮胖男人，虽然是冬天，可是他的额头上正冒出涔涔汗水。

木村客套地说：“对不起，让您久等了。”他堆起满脸笑容，从口袋里掏出名片，上面写着“副总编辑木村智”。他的年纪可能接近四十了。

安藤也拿出名片递给他，客气地说道："很抱歉，在百忙之中打搅你。我们到附近聊一聊好吗？"

"这附近没有什么店，如果可以，到我们的休息室去吧。"

安藤直率地接受木村的建议，随着他搭上电梯。

休息室位于这栋大楼的最上层，面对中庭，装潢得非常豪华。安藤坐在沙发上，环顾四周的人群，有几张面孔曾在杂志或报纸上见过。这里好像是作家和编辑的见面场所，好多人的手里都拿着原稿。

"真可惜，他就这样去世了。"

这句话唤回安藤的注意力，他将目光移到面前这张肥胖的脸上。

"我和高山龙司是大学的同班同学。"安藤心想这句话应该能发挥不少作用。

"啊，是这样吗？您和高山老师……"木村低头看了一下手中的名片，若有所悟地点点头。

"而且他的遗体就是由我解剖的。"

木村蓦地睁大眼睛，诚惶诚恐地说："哦，那真是……"他望着安藤端咖啡的手，似乎对他切开龙司肉体的手指很感兴趣。

"不过，我今天并不是来询问高山龙司的事情。"安藤放下杯子，将两手叠放在桌上。

"那是为了什么事情呢？"

"我想请教您关于他的学生高野舞小姐的事情。"

木村一听到高野舞的名字，脸色稍微缓和一些，将身体往前倾。

“您想知道高野小姐的什么事？”

“你不知道她已经死亡的消息吗？”

“怎么会这样？高野小姐竟然死了……”

“高野小姐在去年十一月，跌落到大楼的排气沟里……”

“啊！原来是这样，难怪一直联络不到她。”

原来这里也有自己的同伴。安藤对木村涌起一股亲切感，想必这个男人也对高野舞抱着爱慕之情。

“你还记得最后一次见到高野小姐，是在哪一天吗？”安藤不给木村任何感伤的时间，直接提出问题。

“那是在……新年号的校稿期快结束的时候，大概是十一月初。”

“你记得确切的日期吗？”

木村拿出去年的手册，飞快地翻开内页。“是十一月二日。”

是高野舞拜访龙司的老家、拿走录像带的第二天，那时候她应该看了录像带。

“请问你们当时在哪里见面？”

“那天高野小姐打电话来，说已经将原稿誊写完毕，于是我马上过去拿。”

“你们约在她的住处见面吗？”

“不是，我们在车站前面的咖啡店见面，以前就是这样。”木村刻意强调自己未曾去过高野舞的住处。

“你和高野小姐见面时，是否感觉到她和平常有什么不一样？”

木村露出惊讶的表情，他不太清楚安藤的意思。

“她是否有什么异常的状况？”

“异常的状况……”木村双手交叉，思索着。

“没什么，只是想知道你有没有注意到什么奇怪的事。”

“说真的，高野小姐那天的确有点不一样。”

“可以说得更具体一点吗？”安藤为了让对方放松戒备，尽量展露笑容。

“她的脸色不太好，好像要吐的样子，而且一直用手帕按住嘴巴。”

安藤一听到高野舞想吐的事情，不禁有些敏感。他到高野舞的房间去探访，曾在浴室里看到一些褐色的呕吐物。

“你询问过她想吐的原因吗？”

“没有，因为见面时，她就说昨晚一整夜没睡，都在整理高山老师的原稿，所以身体状况不是很好。”

“原来如此，是睡眠不足。”

“是的。”

“她有没有说别的？”

“我的日程也很紧，拿到原稿、讨论发行单行本的计划之后，我们就道别了。”

“单行本？是龙司的书吗？”

“是的，是以出版单行本为前提才开始连载的。”

“什么时候要出版？”

“下个月。”

“希望能够畅销。”

“这是一本很死板的书，对它并没有那么高的期待，能热卖就太好了。”

他们俩的话题开始偏离主题，其中夹杂很多有关龙司的插曲，后来再回到高野舞的事情上，原先约好的一个钟头就在两人的讨论中很快过去了。

安藤道谢之后，站起来向木村告辞，刚好有两男一女走进休息室，他觉得这三个人十分眼熟，低头一想便得到答案。女人是传记文学作家，她的作品被拍成电影，一下子跃入畅销作家的行列。一位男子是将她的作品拍成电影的导演。而令安藤伤脑筋的，是站在导演身旁的那位大约四十岁的男子。安藤记得他的脸，却记不起名字来。

这时，木村忽然大声叫道：“浅川先生，很不错哦！你的企划已经通过了。”

安藤终于想起来了，这个人正是浅川和行的哥哥——浅川顺一郎，当时安藤为了拿到浅川存在磁盘里的《铃》报告书，在去年的十一月中旬曾去拜访过他。几天后，安藤就将磁盘送回去了。

安藤同时想到，浅川顺一郎的名片上印着S书房书籍部编辑。这是偶然？还是靠兄弟浅川的关系，才让浅川顺一郎的公司帮龙司出书？

此时，浅川顺一郎似乎也注意到了安藤，他有些惊讶，并显露出退缩的样子。“不，那个企划还……”

安藤本来想打个招呼，但还来不及开口，浅川顺一郎就把目光移开了。

“对不起。”他很快和女作家、电影导演移到隔壁的空位，似乎有意躲避安藤。安藤再次往浅川顺一郎的方向望去，只见他正在和电影导演谈话，看也不看自己一眼。为什么浅川顺一郎一直躲我呢？安藤十分不解，不记得自己得罪过他，想了很久依然得不到解答。于是他扭过头，和木村一起走出休息室。

8

当天晚上，安藤回到公寓，很难得地泡了个热水澡。儿子还在的时候，父子俩每晚都一起洗澡。儿子去世后安藤一个人住，他觉得把水槽装满水很麻烦，都是冲澡了事。

安藤一出浴室，就盯着墙壁上电子显微镜拍摄的照片看。

墙壁的另一边是书柜，因此床头那面光溜溜的墙壁就变成白色的银幕。安藤以逆光对着X光片的要领，将照片贴在墙壁上。这几张照片是从高野舞的血液中分析出来的病毒照片，安藤以一万倍、一点七万倍、二点一万倍倍率的顺序贴上，盯着它们往后退了几步。“RING病毒”重叠的样子，看起来好像螺旋楼梯。他集中精神看着照片，想找出先前的疏忽之处。他关上房间的灯光，用聚光灯直接对着墙壁，在灯光的照射下，白色的墙上仿佛真的有病毒在攀爬。

安藤将视线转到四点二万倍的照片上。“RING病毒”的环被切断，变成长长的线状病毒。这种现象只在高野舞和浅川的血液中找得到，龙司和其他人身上几乎看不到。然而，高野舞和浅川的症状也稍有不同。高野舞的冠状动脉没有任何变狭窄的倾向，浅川则在血管内膜长出像海带一般的东西。线状病毒并没有去攻击高野舞的冠状动脉内膜。其他人的冠状动脉都成为攻击目标，为何只有她例外？

安藤打开记录着高野舞在十月底到十一月的日程的记事本。他记得第一次在监察医务院见到高野舞，她的脸色不太好。安藤以为是她正值经期的缘故。

他又将视线移回墙壁上的照片，注视着放大十万倍的线状病毒，努力回想自己最初看到这个东西的时候有什么印象。这很像某种东西，椭圆形的头、鞭毛弯曲的样子……为什么这些东西在高野舞的血管中游走，却没有去攻击冠状动脉的内膜呢？它到底攻击哪里了？

安藤觉得整个头都热起来，他再次将注意力转到记事本上，上面写着高野舞在十一月一日的晚上看了录像带，从她的月经期开始算起，是第十二天或十三天。

安藤一步步靠近墙壁，死盯着墙上拍打着鞭毛、到处游走的“RING 病毒”。这不是和游向子宫口的精子很相似吗？

“精子？”安藤勇敢地说出口。一般女性大概在月经来潮后两个星期左右会排出卵子，卵子最长可以在输卵管里逗留二十四小时。如果她在看录像带的那个晚上，输卵管里留有卵子。“RING 病毒”突然找到出口，便会从冠状动脉转而攻击卵子这个目标。

安藤的呼吸开始变得急促，不由自主地坐在床上。高野舞看录像带的那天可能是排卵日，不知该说她的运气好还是不好，在死去的那些女性之中，只有她正值排卵日，然后……

安藤只觉得一阵恶寒从背部袭上来。无数的“RING 病毒”攻击高野舞的卵子，组成了 DNA，完成受精。虽然“RING 病毒”完成了进化的步骤，但还是残留着基本性质。因此在一个星期后，受精卵长到最大，排出体外，她的身体才会有生产后的痕迹。但是，高野舞到底生出了什么呢？

此时，安藤颤抖得更加厉害，脚尖升起一阵寒意——我碰到了那个东西！

他去查看高野舞的公寓时，在空空的房间里感到生命的气息，甚至在浴室里无法动弹的时候，也觉得有种柔软的东西在抚摸他的小腿。应该是那个东西！它可能还在成长阶段，可以随意躲藏起来。

安藤的身体止不住地颤抖，于是脱掉睡衣，再次进了浴室泡澡。他先前没有拔掉栓子，浴缸里还留有热水。安藤拧开水龙头，让热水流下，将整个身子浸泡在浴缸里。他把脚伸出水面，观察被“它”抚摸的部位，心中十分不安。

这时候，他又想到一个问题：既然高野舞是正值排卵日才成为例外，那浅川又是怎么一回事？浅川不是男人吗？他是不是也“生”出了什么东西？

不知道是不是热水太烫了，安藤突然觉得很渴。

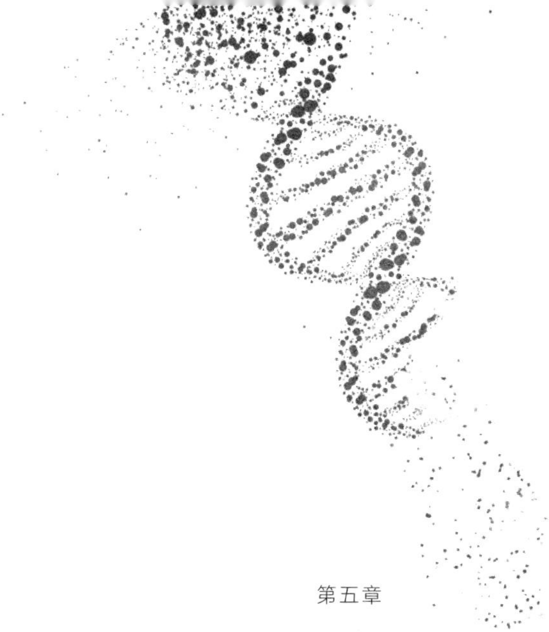

第五章

CHAPTER 05

预兆

1

在成人日（一月十五日）连休假期的第一天，安藤接到宫下打来的电话，邀他一起去开车兜风。他正在烦恼如何打发假日，当然没有理由拒绝，即使感到宫下的态度有些奇怪，还是答应了。

“你打算去哪里？”

“我刚好有点事，想请你确认一下。”宫下只是这样说，并没有说出要去的地方。安藤察觉到他似乎有苦衷，不好意思说出来，因此不再追问。

没一会儿，宫下果真开车到住处接他。安藤一坐进车内，马上询问即将前往的目的地。

“你先不要问，跟我一起去就是了。”

于是，安藤连目的地都不知道，就跟着宫下一起去兜风。出了第三京滨公路，车子往横滨新道的方向行驶，似乎是前往藤泽。如果是当天来回，应该不会去很远的地方，像是小田原、箱根，或者伊豆，最远只能到热海或伊东。安藤猜测着要去的地点，享受着神秘之旅的乐趣。

横滨新道的入口处常常塞车，今天是连休的第一天，交通量非常大。安藤看到宫下握着方向盘，一脸无趣，便开始说出自己的假设："看了录像带的那些人，为何只有高野舞的心脏血管没有引发异常变化呢？因为在看影像的那一天，正好是她排卵的日子，于是'RING病毒'转而以卵子为目标进行攻击。然后，高野舞在掉落屋顶的排气沟之前，生出一个未知的生命体，而且它只待在母体内一星期。这样考虑，就可以说明当时她为什么没有穿内裤。"

宫下听完安藤的说法，沉默了一会儿，然后睁大圆圆的眼睛思索着。忽然间，他迅速变换车道，越过超车道开到隔壁车道。

"当我们用电子显微镜观看高野舞的'RING病毒'时，其实我也有同样的感觉。"

"是吗？"

"我总觉得好像在哪里看过那种形状的东西……对了，它和精子很类似。"

"我也有同感。"

"根本也赞成这个看法。"

"那我们三个都有同样的想法。"

"对，直觉是非常重要的。"说完，宫下对安藤露出微笑。

"喂，好好看着前面！"

前面车辆的红色刹车灯近在眼前，安藤紧张得用力跺脚，宫下却从容不迫地踩下刹车。差点撞上前面的车子，安藤不禁吓出一身冷汗。

“浅川为什么没有因为心肌梗塞死亡？真是不可思议！”

“因为男人没有排卵日。”

“说不定他也和高野舞一样，体内发生了某种变化。”

“大概吧，病毒可能发现了某个出口。”

“出口？”

宫下可能是刚好看到道路标志，才会使用“出口”这个字眼。

“是的，能让病毒繁殖更多的出口。”一通过保土谷的侧道出口，就看不见塞车的情形了，车流也顺畅起来。宫下又继续说道：“我们一定要找到答案才行。”他的语气中已经少了刚才那份悠闲。

“嗯，我也有这个决心。”

“今年过年的时候，你做了些什么事？”不知为何，宫下突然转变话题。

“没做什么呀，就这样无所事事地过去了。”

“是吗？我们全家一起去南伊豆的渔村过年。当时我们住在一般的民居里，为何选择那个简陋的地方过夜呢？因为我很喜欢的一本小说就是以那个渔村作为背景，我一直很想去看看……那本小说里的一句话让我印象深刻，它说：‘从渔村往海平面望去，就可以看到海市蜃楼。’”

安藤不明白宫下到底想说什么，但他没有插嘴，只是静静地倾听宫下诉说。

“你一听，搞不好会认为很酷，但那种感觉真的很好。从民居里可以听到波浪声，我会在半夜突然醒来，凝视着妻子和女儿的脸，深深地觉得她们对我实在太重要了。”

对于宫下的这份感动，安藤太了解了。和家人一起在可以看到海市蜃楼的南伊豆渔村共度新年，一定非常温馨。宫下丝毫不给安藤感伤的时间，立刻问道：

“你觉不觉得我太太很美？”

安藤的眼前顿时浮现出宫下妻子的脸，不由得点点头。

“真的？”宫下露出满意的笑容，不禁回想起和妻子初次见面的情景，“我的个子很小，人又胖，长得这副德行。她不仅是个美人，个性也十分温柔，我真是个幸运的人。”

宫下的妻子比他还高，长得和某位以气质取胜的女明星很像。宫下的长相就有些相形见绌了。但是，宫下很顺利地爬上医学院教授的位置，是个不可多得的人才，根本不需要自卑。

“所以我不想死……在这起事件中，我都是以旁观者的身份来判断是非，想使这些事实的结果更有趣些。”宫下一直以旁观者的立场来看待这件事，这和浅川、龙司的立场截然不同，即使没有解决此事，也不会有莫名的迫害降临到他身上。

“我也一样。”安藤同意宫下的说辞。

“有时候，我突然觉得那个想法是不是太天真了。”

“什么时候有这种感觉的？”

“我们休完假，从南伊豆的渔村回来之后。”

“你在渔村看到什么了吗？”

“我没看到海市蜃楼。”

安藤不禁皱起眉头，他觉得宫下答非所问。“海市蜃楼？”

“就是想去拜访小说中的背景嘛。”

“哦……那你觉得如何？”

“什么？”

“场景和想象中的不一样吗？”

“不一样的地方可多着呢。”

“你的意思是说，看了小说后产生的印象和实际的风景不尽相同？”

“不可能完全一样。”

安藤并不觉得宫下的想法和行为很幼稚，作家也会挑选风景来欣赏，然后才将它写出来。这种挑选依据的是作家的观点，当然和读者想象的风景及现实的风景有出入。借由文字来传达思想会有这种限制，如果不借助照片或摄影机，就无法将当地风景忠实地介绍给别人。

“反过来，假如……”宫下把脸靠近安藤。

“喂，你注意一下前面。”安藤郑重其事地指着前方，宫下马上扭过头，将车速减慢，问：“你还记得什么时候看过《铃》吗？”

安藤连日期都记得很清楚，他从浅川顺一郎那边借来磁盘，第二天立刻把资料打印出来阅读。“去年的十一月十九日。”

“那份报告书我只看过一遍。”

安藤也是只看过一次。

“你觉得怎么样？”

“我现在大脑中依然留有鲜明的画面，偶尔也会突然想到。”浅川在《铃》中描写的世界栩栩如生，会让人将那些画面牢牢地记在脑中。但是，安藤不明白宫下的意思，不知该如何回答。

"如果《铃》这份报告书能够正确地传达'风景'，那么我有一个疑问。"宫下说出这句话时，他的侧脸看起来分外温和。安藤思考着宫下的"疑问"。如果读过《铃》之后，个人想象的风景完全和现实风景一致，那又意味着什么？

"如果是那样……"安藤的声音变得有些沙哑，他觉得车内的暖气太热，空气有些干燥。

"我们先来确认一下实际的风景吧。"

安藤终于明白宫下今天载他出来兜风的目的，他要前往《铃》的故事舞台——南箱根的热海一带，用眼睛来确认实际的风景，因此多带了一个人来，可以互相交换得到的信息，做出正确的判断。

"本来我在到之前不想说出来的，但又怕你觉得我很奇怪。"

"没关系。"

"我忘了问你，你是第一次来南箱根太平洋休闲乐园吧？"

"当然，那你呢？"

"看报告书之前，我连这个地方都没听过。"

虽然他们两人都没去过，但是安藤一闭上眼睛，脑海中立刻浮现出一处斜坡上一栋栋的小木屋，B-4号小木屋的地板下开了一个洞，通向地下五六米深的古井。二十五年前，有位叫山村贞子的女人被强暴之后，又被扔到古井里面，她的怨念中夹杂了天花病毒的繁殖愿望，一直被埋藏在地底下。

宫下一边看着右边满布云雾的箱根山，一边驾车经过真鹤，前往热海。《铃》报告书中曾写到："从热海一进入热函公路，马上就会看到通往南箱根'太平洋休闲乐园'的告示牌。"安藤和宫下按照资料上写的路过去。他们都是第一次开车行经热函公路，不过安藤却觉得自己好像来过这里。去年十月十一日的晚上，浅川和行开车经过这条路时，并不知道在南箱根太平洋休闲乐园的B-4号小木屋中有“东西”等着他，却也觉得胸口一直无法平静。

现在快接近中午，而且天气十分晴朗。安藤记得《铃》里面说过，去年十月十一日是个阴雨天，浅川车窗前的雨刷不停地摆动。但此时的时间和天气与当时的情形完全不同，安藤脑海中浮现出一幕幕阴暗的场景。忽然间，他看到山坡上出现一块白底黑字的指示牌，写着“南箱根太平洋休闲乐园”，觉得好像在哪儿看到过这独特的文字。宫下毫不犹豫便往左转，到了一条小路上。狭小的山路在农田上蜿蜒，坡度渐渐升高，路面越来越窄，道路两旁长满了浓密的树木和枯草。车子越往上走，安藤感觉越熟悉，他觉得自己不像是第一次来到这里。

“你还记得那份报告中的描述吗？”安藤压低声音问道。

“我也正想问同样的问题。”没想到宫下也有相同的熟悉感。安藤从来没有过这么强烈的感觉，他甚至知道前方不远处，即将出现一栋三层建筑物，那里有服务中心和餐厅。安藤和宫下看完《铃》后，根据它的内容，对这个地方的一草一木清清楚楚。

2

宫下随即掉转车头，开下山去，接着经过热海，沿着靠海的真鹤道路开往小田原的方向。两人沉默不语，都在想刚才看到的景物，无心眺望美丽的冬季海岸。安藤为今天出来兜风目睹的事实烦恼，“太平洋休闲乐园”的小木屋、地下的古井，还有伴随而来的泥土味，就像海市蜃楼一般，在他的大脑中一浮一沉。此外，录像带中那个男人的面孔也一直挥之不去。根据他们刚才的探访，“太平洋休闲乐园”的各项设施是设在服务中心到饭店的路上，有网球场、游泳池、健身房和别墅等，几乎都建在靠山的地方，小木屋则盖在倾斜的山坡上。

从道路两旁往下俯视小木屋所在的山谷，可以看到从函南到韮山这一带有无数的温室。温室的白色屋顶在冬日阳光的照拂下反射出刺眼的光芒，这些景点无一不令安藤和宫下感到熟悉。之后，他们两人走到 B-4 号小木屋，伸手转了转门把，却发现房门上锁了，于是从阳台下绕进去。

安藤和宫下弯着腰环视四周，看到柱子间的隔板已经打掉，开了一个大洞，这是之前高山龙司做的。去年的十月十八日，龙司和浅川钻进这个洞，靠绳索下降到古井中，把山村贞子的遗骨捡出来，光是想象那一幕情景就让人觉得毛骨悚然。

宫下拿着预先准备好的手电筒，插入细缝中，往里面照去，在中央位置看到一个突起物，那是古井的口，旁边还有一个水泥盖子，完全与《铃》中描述的景致相符。安藤屈身爬进洞中，但他没有勇气站在井边向下望，一如他无法将视线投向夺去高野舞性命的排气沟。

山村贞子遭人强暴之后，又被扔进古井中，结束了她短暂的一生；高野舞则掉落在长方形的排气沟底，青春年华就此凋谢。

这两处死亡之所，一处位于幽静的树林，上有树荫遮蔽，宛若沉入地中海底的圆筒状棺木。另一处则位于充满海洋气息的海岸大道旁，上头毫无遮蔽物，犹如浮在空中的长方形棺木。山村贞子和高野舞死亡的场所形成对比，但那种鲜明的对比更加强了两者之间的相似性，这让安藤觉得十分奇怪。他的心脏突然加速跳动，地底下的湿气和泥土的臭味扑鼻而来，简直快窒息了。然而宫下毫不理会，继续摇晃着肥胖的身子往里爬，一直到古井口，安藤才制止他："停下，够了……"

宫下以奇怪的姿势停下，显得有些犹豫不决。

"好吧。"最后，他还是接受安藤的忠告，开始往后退。两人爬出阳台，不由得深深吸着外面的新鲜空气。

到目前为止，在《铃》中描述的场景都和现实相吻合。但是，宫下对这些成果还不满意。"既然都来到这里了，至少也应该去看看长尾城太郎长什么样子吧。"

安藤已经忘记这个男人的名字，却对他的长相十分熟悉，连他说话的习惯都非常清楚。二十年前，南箱根太平洋休闲乐园还是一所肺结核疗养院。现在在热海开诊所的长尾城太郎，曾经在疗养院当过医生，他也是日本最后一个天花患者。他强暴了前来探望父亲的山村贞子，又杀了她，将她的尸体投入古井中。在《铃》中提到来宫车站前面有一间小平房，门口挂着"长尾医院·内科·小儿科"的招牌，龙司在那里诱导长尾城太郎说出二十五年前的犯罪真相。

然而，当他们到达该地时，却发现医院的窗帘都拉下来了，不像是因为假日休诊，而是长期关闭着。窗台下的细缝都积满灰尘，结了许多蜘蛛网。他们俩死心地回到车上，就在这时，前方国立热海医院的坡道上，有一张轮椅正缓缓沿着坡道下来。一个秃头的老人坐在轮椅上，推轮椅的是一位三十出头很有气质的女子。老人眼神涣散，一看就知道他得了精神方面的疾病。

安藤和宫下看到这个老人时，不禁同时叫出声来，面面相觑。他们眼前的老人就是长尾城太郎，不过短短三个月间，他就急速老化，看起来比实际年龄老了二十岁。

宫下走下车，靠近老人叫道："长尾先生。"

但老人没有任何反应。在他身旁的女子顿时停住脚步，一脸好奇地看着宫下。宫下佯装长尾以前的旧识，询问着他的近况。"他的身体状况还好吗？"

女子轻声地回答："多谢您的关心。"她简短地打个招呼，似乎嫌麻烦似的迅速离去。然而这对宫下来说，已经算是很大的收获了。去年十月，长尾城太郎因为浅川和龙司的到访，说出二十五年前犯下的罪行，可能之后就精神异常了。

安藤和宫下目送着长尾城太郎和女人走过医院，走向更往里的道路，都在思考同一件事情：为什么第一眼看到坐在轮椅上的老人，就认出他是长尾城太郎呢？原来《铃》里面不仅详细地记录着场景，甚至连人物的长相都忠实地写下来了。

在回程中，看到"小田原厚木道路入口"的标识时，安藤偏过头去，看到宫下一脸筋疲力尽。

"到小田原后，让我下车。"安藤要求道，宫下皱紧眉头："没关系，我会送你到家门口。”

“那还要绕一段路，我从小田原坐电车就可以回家了。”

安藤知道宫下已经很累了，如果叫他送自己到代代木，再开车回鹤见，得多走几十公里，备感疲劳的宫下恐怕无法坚持。

“你都这样说了，那就在小田原下车吧。”宫下应该为省下这趟往返车程而松一口气，但他仍然一动也不动，半句话都不说。他一直是那种很难说出“谢谢”的人，即使内心充满无限的感激，也不会坦率地表达。

车子经过小田原热闹的街道，一下子就到达车站了。宫下喃喃自语道：“连休一结束，我们两个最好去接受一下血液检查。”

其实安藤也有相同的想法。即使他们一直想做“旁观者”，如今也好像被迫成为“当局者”了。

恶魔的录像带已经从这个世上消失，我们也没有看过那些影像，应该不会有什么灾祸降临。安藤想。但是连艾滋病毒的感染途径也尚未明确，更何况是这种突变的病毒。因此，安藤一直提心吊胆，害怕在电子显微镜下看到的病毒会侵入自己身体内部，由皮肤内侧流进血管，再侵袭各个细胞，甚至是整个身体。

安藤是除了作者浅川和行之外，第一位看过《铃》这份报告书的人，里面翔实地描写了录像带中的影像，描写之细腻让他一眼就可以认出长尾城太郎，这种效果就和看过录像带一样。安藤怀疑自己看了《铃》之后，会不会也遭遇不幸。但距离他看《铃》的日期——去年十一月十九日已经过了两个月，并没有发生什么异常的变化。而通常看过录像带的人，在一个星期后就会因为冠状动脉闭塞而死亡。会不会因为“突变”，使得潜伏期变长了，还是自己变成了携带者，不会发病？正如宫下所说，连休假期一结束，必须马上回到学校接受血液检查，如果发现体内有病毒存在，就要尽早想办法解决。

“假如检查结果是阳性，你打算怎么办？”

“我不会坐着等死的，总得想个办法解决。”宫下振振有词，感觉他比安藤怕死，因为他还有妻子和女儿。

车子进入小田原的环状交叉路，停了下来，安藤从副驾驶座走下来，向宫下挥一挥手，目送他离去。

说不定我也被卷进去了……安藤越来越能体会浅川的心情，他把自己和宫下重叠在浅川和龙司这两个人身上，思考他们的特征和性格。安藤对应的是浅川，而宫下对应的是龙司。他想到一半，突然笑了出来——浅川和龙司已经死了，还是自己这双手解剖了龙司的身体！

他通过小田原车站的检票口，坐在候车室的椅子上，突然感到背脊蹿起一阵寒意。他猜想龙司躺在解剖台上的时候，应该也有这种感觉。一名患者怀疑自己是否罹患乳腺癌时，比被告知已经罹患还要痛苦。一旦确知自己面临灾难，反而可以平心静气地接受残酷的事实。最令人不能忍受的，是处于暧昧不明、无法肯定的状态中。我是不是已经感染上“RING病毒”了？安藤不断思索。只有一个方法能克服苦闷，那就是以他自己的生命，让妻子明白他因一时疏忽失去儿子的悔恨之情。

他无法克制心中的悸动，在寒冷的候车室里等候电车到来。

3

坐在电车上，安藤眺望着窗外的风景，渐渐地闭上眼睛。没过多久，他突然惊醒，恍惚之间根本不知道自己身在何处。他害怕自己在打瞌睡时被载到很远的地方。他靠在椅背上伸了伸懒腰，感觉到电车一阵阵震动，远处响起靠近栅栏的声音。

安藤回忆起两个钟头前，他和宫下在小田原分手，顺利搭上电车，感觉好像是几天前的事了。就连和宫下一起去探访“太平洋休闲乐园”，仿佛也是许久以前的事情，只有高原风光和长尾城太郎的面孔还深深刻印在脑海中。

安藤用手心揉一揉双眼，又往车窗外看去。夜晚的街道随着电车的前进，被远远抛在后面。此时，电车的速度慢慢减弱，响起了警报声，红色警示灯开始一亮一灭。安藤念着通过的车站站名：“代代木八幡。”这是安藤所住的“参宫桥站”的前一站，这辆电车中间站都不停，直接开到终点站——新宿，因此安藤要直接坐到终点站，再等电车往回行驶到参宫桥。

电车轨道在代代木八幡呈直角转弯，经过代代木公园黑暗的树林。接下来的夜景是安藤看惯了的街道，右边可以看到自己的住处。安藤将脸颊靠在左侧的玻璃窗上，望着每天来回必经的候车月台。

忽然间，安藤扑到玻璃窗上，连额头都贴在玻璃上，目光停留在月台上一名年轻女子的身上。在这个寒冷的冬天里，她身上只穿着一件运动夹克，专注地看着两列电车擦身而过。电车速度一慢下来，车上的乘客大都看向月台上的人群。一瞬间，安藤和那名女子四目相接。又看到那个女人了，这是第三次！第一次是在高野舞房间外面的电梯里，第二次则是在高野舞陈尸的那栋大楼的电梯里……

十分钟后，安藤搭的电车从新宿回转到参宫桥站，他终于踏上月台。有另一班电车进站，阻挡了视线，于是他往检票口走去，避开人潮，查看反方向的月台上有没有那名女子的身影。安藤知道她不可能一直站在原地不动，却渴望再见她一面。

铃声响了，有一列电车即将启动，电车开走之后，安藤竟然捕捉到了她的视线——那名女子就站在刚才的位置上。安藤不禁对她点了点头，似乎表示他了解她的意思。他慢慢往检票口走去，女子也配合安藤，走下月台楼梯，两人在检票口相会了。

“又见到你了。”女子以一种偶然碰到的语气对他说。

安藤觉得这一切并不是偶然，但他无法抗拒女子的魅力，因此两人一起通过检票口，踏上了商店街的小路。

4

安藤早上醒来，睡在他旁边的女子马上要求一起去看电影。

一路上，两人手牵着手悠游自在地漫步。一进入电影院后，那个女子便很自然地和安藤分开来坐。今天是假日，又是早场，电影院里不会那么拥挤，安藤无法理解她的举动，但又不想干涉。

安藤只知道她是高野舞的姐姐，叫真砂子。他一直盯着银幕，不过并没有将故事情节看进去，一半是因为想睡觉，另一半则是真砂子坐在旁边的缘故。昨晚他们俩在参宫桥车站相遇，至于后来为什么把她带回家里，安藤已经记不起来了。他只记得自己走出车站后邀她一起去酒店，然后在那里一边喝酒，一边问出她的名字。正如安藤先前猜想的，真砂子是大高野舞两岁的姐姐，她从东京的女子学校毕业之后，就在一家证券公司上班。两人随后便回到他的住处。

安藤记得下一幕的场景中充满了水声，真砂子正在冲澡，自己坐在床上等她。后来水声骤然停止，真砂子从黑暗的走廊走过来，她关掉灯，裸着上身压过来。她左手压着裹在头上的毛巾，右手抚摸着安藤的脸。安藤吸吮着真砂子细致的肌肤，她那诱人的肌肤堵住安藤的鼻子和嘴巴，让他快要窒息。安藤将她的身子拉过来，才稍稍恢复呼吸。他闻着少女清纯的味道，两手从真砂子的背部绕了过去……

电影继续放映，安藤却回忆着昨晚他和真砂子疯狂缠绵的画面。但是仔细一想，昨天两人是在黑暗中缠绵的，不管真砂子有多美，有多诱惑，安藤都无法享受到其中的乐趣。真砂子不仅把灯关掉，连闹钟发出来的微光也用毛巾盖住，整个房间陷入一片黑暗……真砂子可能非常喜欢黑暗。

安藤假装看着银幕，但一直瞟向旁边。真砂子在黑暗中看起来更加美丽，这个女孩子真的很适合黑暗的气氛。

在看电影的过程中，真砂子不断地闭上眼睛，嘴唇微微动着，好像在说些什么，但是音量很小，安藤听不到，于是将全身的重量靠在左胳膊肘上，上半身倾向左边聆听，再将她的样子和电影画面对比，终于知道真砂子是在念电影人物的台词。

这部电影讲述的是一个声名狼藉的少女被国家训练成杀人机器，此时正播放她首次执行任务的场面。女主角穿着一身黑色衣裙，将大型手枪藏在手提包里，正要进一家高级餐厅，她飞快地说出简短的台词。突然间，安藤发现真砂子的声音和电影中女主角的声音重叠在一起。虽然电影中的女主角说的是法语，但在她说出来的一瞬间，真砂子立刻用日语配上。有时候，真砂子的嘴形甚至动得比字幕还快。安藤更加惊讶，他以为真砂子具备过目不忘的才能。

走出电影院，真砂子眯起眼睛打哈欠。安藤紧紧握住她的手，走在冬天的暖阳下。一开始他觉得真砂子的手有些冰冷，不久，他们的手都温暖起来。

由于是成人日，从有乐町到银座的路上，看到很多穿着长袖和服的女孩。安藤和真砂子逆着人流散步，他们没有特定的目的地，只是随便逛逛，等时间一到，再商量去哪里吃饭。真砂子好奇地看着银座的每个角落，时而发出惊叹声。此情此景令安藤非常满足，充分享受着假日在银座闲逛的乐趣。

真砂子在汉堡店前停下脚步，望着看板上的海报。

“你想吃汉堡吗？”

真砂子十分笃定地点点头，安藤便带着她走进汉堡店。

真砂子的食量真是惊人，没多久就吃下两个汉堡，又吃完满满一袋薯条，还左右张望，似乎意犹未尽。安藤马上帮她要了一份冰激凌。这次真砂子放慢速度，一口一口慢慢吃着，一不小心让融化的冰激凌滴落在膝盖上，丝袜沾了一些混合草莓果粒的黏糊糊的乳白液体。真砂子先用食指沾起来舔，后来干脆双手抱起膝盖，直接伸出舌尖去舔，还用一种挑逗的眼神望着安藤。她舔完膝盖上的冰激凌后，才发现刚买的新丝袜勾破了。她脚上的这双丝袜是今天早上临出门前，安藤在车站前的便利店给她买的。安藤猜测真砂子没有带丝袜来，见她在寒冷的冬天里仍然光着两条腿，才买给了她。

安藤一直注视着真砂子的一举一动，毫不厌烦。他自问着：这个女孩到底是从哪里冒出来的？让我对她如此痴迷……说是“痴迷”，倒不如说自暴自弃才对。他怀疑自己看了《铃》这份报告书，让“RING 病毒”侵入体内后，便开始想及时行乐。

在学生时代，他曾看过一本以农村为背景的小说，小说里面描写一个行为异于常人的女子，被村子里的人贴上标签，视为精神失常，并成为众多男人的“安慰对象”。她没有家，在河边、树林里四处流浪，对每个男人都来者不拒，甚至在没有人烟的山上，也能随时随地为男人“提供服务”……安藤把看小说时产生的感想和现在的情境联想在一起。这部小说是以山间的农村为背景，人物和风景都非常协调。如果将这个故事放在现代的大都会里，气氛就不一样了……这里是东京的银座，并不是什么山间农村，但小说女主角的气质却和真砂子很像。

安藤突然想到小说中最后的情节，那名女子在某座山里生出生父不明的婴儿来，那一阵阵生产时的痛苦叫声越过树林，传到山的那一边。小说就此结束了。安藤猛然回过头来，提醒自己一定不能伤害真砂子的身体，要细心照顾她才可以。他想到昨晚因为贪图快感，竟疏忽了避孕的事。

真砂子正用手指摩擦着膝盖，在丝袜上画圈，丝袜的破洞越来越大。安藤从破洞处看到她白皙的腿，不禁伸手覆住她的手，使她无法动弹。他问道："你刚刚在电影院里面喃喃自语，到底在念些什么？"

真砂子没有回答，反而对安藤说："带我去书店。"她一直这样，一问她，就岔开话题不回答。真砂子向安藤提出要求的次数比回答问题还多，不过安藤并不讨厌。

随后，安藤带她去了银座最大的一家书店。真砂子在书柜间跑来跑去，站在那里看了一个多钟头的书。安藤不喜欢站着看书，于是到处徘徊，结果在收银台上发现一本 S 书房发行的小册子，里面刊登着小品文，这是 S 书房出版新书用的宣传小册子。

说不定上面会有高山龙司的名字。安藤怀着这份期待，在字里行间寻找龙司的名字。他从木村那里得知龙司的遗作预定下个月出版，很期望看到小册子上面印着故友的名字，但是还没有找到，就被真砂子强拉出书店。

"要不要去看电影？"真砂子不管三七二十一，硬拉着安藤就走。安藤将小册子放进大衣的口袋里，问道：“你想看什么？”

真砂子依然没有回答，只是紧握住安藤的手，强拉着他往前走。安藤瞄到真砂子另一只手上拿着一本杂志，不由得停下脚步。从昨天到现在，真砂子没有花一块钱，也没有要付钱的意思，都由安藤出钱。现在她手中却明目张胆地卷着一本杂志。这家伙是个小偷！

安藤回头看着书店，没发现有人追过来。没想到她居然能避开店员的视线。不过，这只是一本三百日元的杂志，即使被发现，也不会怎么样。

安藤再次拉着真砂子往前走，他觉得自己从来没有这么大胆过。

5

安藤将钥匙插进门锁里，刚好听到房间里的电话响起，便慌忙打开门。只可惜门一打开，电话铃声就停了。知道安藤的房间很小的朋友，大概只会让电话响五六声就挂掉，安藤也能从挂断电话的方式猜测是谁打来的。这个电话应该是宫下打来的。

安藤看一下手表，现在差不多是晚上八点。他请真砂子进来，然后打开电灯和空调。他早上到下午连续看了两部电影，背部很酸痛，想泡一下澡。脱下外套时，安藤忽然想起口袋里塞着一本S书房的小册子，便拿出来放在床边的桌子上，打算洗完澡后再好好看一看，确定龙司的书名和发行日。

他脱下最后一件衣服，就去刷洗浴槽，打开水龙头调节水温。狭窄的浴槽没过多久便注满水，浴室里充满蒸汽，打开换气扇也毫无帮助。他看了一下屋内，想叫真砂子先来洗澡。她正坐在床边脱丝袜。

“你要不要先洗澡？”

安藤一说完，真砂子便站起来走进浴室，将帘子拉起来。这时候，电话铃声响起，安藤马上去接电话。他刚才的猜测是正确的，果然是宫下打来的。他在另一端发出怒吼声：“你一整天都混到哪里去了？”

“我去看电影了。”

宫下一听，吼得声音更大。“什么？去看电影？”

“是呀，整整看了两部。”

“你在干吗？居然还有那种闲情逸致。”宫下很吃惊地说道，紧接着又说，“我打了好几次电话给你。”

“这样啊……”

“你知道我现在在哪里吗？”宫下好像是在路边的电话亭打电话，还可以听到车辆的声音，“我已经来到这附近了，不知要不要上去？”

真不凑巧，真砂子正在洗澡。安藤正打算拒绝，宫下突然大声吼道：

“笨蛋，不是！是剧团、剧团！”

“什么？剧团？”

这回轮到安藤吓一跳了。刚才宫下还嘲笑他跑去看电影，没想到自己竟然去欣赏戏剧表演——我是不是还没睡醒？

“我现在在‘飞翔剧团’的门口。”

安藤愣了半分钟才想起那是山村贞子死前待过的剧团。“你在那个地方做什么？”

“昨天我发现《铃》里面描写的事物，好像是用摄像机拍摄下来似的，客观而正确，我们也实地勘察过了。”

安藤惊讶于宫下为何再次提到这些事，于是拿起眼前的S书房小册子，用圆珠笔在空白处记下要点。他有一边拿着电话，一边记事的习惯，这样可以让情绪很快稳定下来。

“我今天才发现还有一件事情要确认，那就是人的长相，而且不需要跑到热海去，这附近就有证人。”

安藤开始有点焦急，因为宫下现在说的一切，他完全摸不着头绪。“好了，你说清楚一点。”

“是山村贞子！”宫下咬牙切齿地说出她的名字。

“喂！山村贞子在一九六六年就死了……”安藤突然停下，他想到宫下去“飞翔剧团”的原因了，“是照片吗？”《铃》中提到，M报社横须贺分部的记者吉野曾去“飞翔剧团”寻找线索，还看过山村贞子的履历表，上面附有一张胸部到头部的半身照，以及一张全身照，吉野当场就把照片复印下来了。

“你明白吗？我们都忽略了山村贞子的长相。”

安藤努力回想山村贞子的长相，《铃》中说，她个子很高，胸部不是很大，但身体曲线很匀称。她的长相算是比较中性，五官非常端正，几乎没有什么可以挑剔的地方，达到了美人的标准。

“你可以把照片拿来给我看吗？”安藤顺势问道。他猜想宫下已经看过照片，而且山村贞子的面孔和想象中的相同，因此特地打电话来。

不料，电话中却传来宫下的叹息声。“不一样！”

“什么不一样？”

“长相不一样。”

顿时，安藤无法再接话。

“怎么说才好呢？照片中的山村贞子，和我们想象中的完全不一样，该怎么说才好？”

“到底是怎么了？”

“我现在一片混乱！我突然想到有个朋友很会画人像，有一次我问他什么形状的脸最不好描绘，那个朋友回答：‘每一个人的脸型都有特征，把画像画得和实物相像很简单，但最困难的就是画自己的脸，尤其是在自我意识很强烈的时候，会把自己的脸和画像慢慢分开，然后画得很像另一个人。’”

“那和这件事有什么关联？”

“不，没什么，我只是突然想到这件事，又想到那盘录像带应该也是这样吧。那盘带子并不是用摄影机拍摄的，而是山村贞子用眼睛和心制作而成，而且……”

“而且什么？”

“录像带也播出了风景和人物。”

“我们不是也看到影像了吗？”安藤越来越焦急，而宫下似乎还有一些犹豫。“喂，宫下，你干脆一点，直接讲出来不行吗？”

宫下屏住气息，小心翼翼地问道：“《铃》真是浅川和行写的吗？”这时，他那边响起电话卡即将用完的提示音。

“啊，电话卡快用完了，我把照片传真给你，可以吧？”宫下很快问道。

“可以。”

“那我现在立刻传过去，你快点确认一下，希望这只是我自己的……”宫下讲到这里，电话就切断了。

安藤以原来的姿势发了好一会儿呆，浴室里的冲澡声已经停止，房间里顿时变得一片寂静。他看向窗外，冬天寒冷的夜风从纱窗的细缝中吹进屋内，远处的警笛声杀气腾腾地鸣响。从浴室飘散出来的蒸汽使屋内的空气更加湿润，真砂子已经洗了很久。

安藤可以理解宫下。因为看过《铃》这份报告书，宫下怀疑自己的身体是否已被病毒侵入，大概今天一整天都坐立不安。因此，他才想到“飞翔剧团”应该还保管着山村贞子的照片，为了查清楚其中的缘由，便前去拜访。

安藤专注地看着传真机，似乎还没有动静。他为了消磨时间，把小册子拿起来翻看，在新书介绍的最后一页——“二月份出版的书”这个标题下，列出了十几本书的书名和作者，介绍了里面的内容。他按顺序查看，在正中央的位置看到了高山龙司的名字，标题是“知识的构造”，以“现代思想的最前线”这几个字来当内容说明。这本书夹杂在恋爱小说和揭露电视台内幕的众多书籍中，令人印象格外深刻。

这是龙司的遗作，一定要买来看。安藤把龙司写的书圈起来，突然在小册子的同一页上发现几个似曾相识的文字。他继续往下看，视线停留在预定三月出版的书中从后面数第三行的标题上。他惊讶地睁大眼睛，盯着上面的介绍文字：

"三月出版的书"

……

……

《铃》，浅川顺一郎，战栗的恐怖……

安藤吓得任由小册子从手中掉落下去。浅川顺一郎想出版这本书！难怪在S书房碰到他的时候，他一直在躲避我，原来是为了这件事。浅川顺一郎把弟弟写的《铃》据为已有，整理一下内容，以小说形式发表出来。他误以为安藤知道他擅自利用浅川和行的作品，那时对安藤的态度很冷淡，没有打招呼就逃走了。

"我不会让他出版的！"安藤气得大叫出声来。至少也要证明《铃》是一本不会对人类造成威胁的书，否则一定要让他延期出版，这是身为医生应有的道德。

明天，安藤和宫下就要接受血液检查，要等好几天才知道结果。如果检查结果呈阳性，就能证明阅读这本书后会被"RING病毒"侵入体内。贞子最初只制作出一盘录像带，如果被复制，也不过是一盘一盘地增加。但如果改成书来出版，数量少则一万册，多则可达数十万、数百万，会同时散播到全国各地，有如巨大的海啸迎面扑来，形成一片黑色的墙。

他走到窗边关紧纱窗，然后往走廊望去，看到真砂子腰上围着浴巾、手里拿着手提包。不知道真砂子是否在寻找内衣裤，只见她把手伸到手提包里搅动着。这时电话铃响了，安藤拿起话筒，确定是传真机的声音，便切换到收信状态。几秒钟后，传真机发出吱吱的声响，开始吐出传真纸。安藤直直地站着，看着传真机打印出白色纸张。他突然觉得有人站在背后，回头一看，原来是真砂子穿着短裤、肩上披着一条浴巾站在后面，她脸颊通红，眼中出现一抹安藤从没见过的光芒。

这时，传真机“嘀”一声，表示打印完毕。安藤赶紧走过去撕下传真纸，坐在床上看着并排在上面的两张照片，这是山村贞子的半身和全身照。紧接着，安藤发出一声悲鸣，传真纸上的照片果然和他想象的山村贞子不同，照片上的人……就是此刻站在他面前的女人！她不是高野舞的姐姐，就连“真砂子”这个名字也是假的！她站在安藤面前，从他手中拿起传真纸看了一下。安藤霎时感到全身无力，好不容易才从喉咙深处发出一丝声音：“你是山村贞子吗？”

她的嘴唇动了一下，微笑着注视仓皇失措的安藤。安藤大脑中一片空白，在三十五年的人生岁月中，头一回丧失意识……

6

事情来得太突然了！二十五年前已经死亡的女人赫然站在眼

前，昨夜和她肌肤相亲的情形，也顿时在脑中苏醒过来……

恢复意识时，安藤忽然闻到一种皮肤烧焦的味道，他原本趴在床上，不知何时又仰面朝着天花板。他深深地吸了一口气，紧闭着眼睛，专心倾听周遭的声响。浴室里传来哗啦哗啦的流水声，由于水声的缘故，平常夜晚能听见的声音都消失了。安藤微微睁开眼睛，看到房顶亮着两盏二十瓦的荧光灯，屋里非常明亮。他就这样仰躺着，带着一股恐惧，慢慢移动视线环视房间内部，然后直起上半身。

正当他在思考事情的时候，水声停止了，他下意识地屏住呼吸。紧接着，走廊那边出现一张女子的面孔，她和刚才一样只穿着短裤，手中拿着一条拧干的毛巾。安藤想呼叫，喉咙却发不出声音。他挥手甩开山村贞子递过来的湿毛巾，摇摇晃晃地站起来，往旁边的墙壁靠过去。

安藤想呼叫山村贞子的名字，只可惜声音一直发不出来。这个女子正是二十五年前死在井底、创造出那盘录像带的山村贞子，她是一个罕有的超能力者，患有睾丸女性化综合征的阴阳人。

安藤凝视着她的下半身，白色短裤覆盖下的双腿间，并没有看到膨胀的地方，更看不出睾丸的存在。安藤忆起自己昨夜不断地爱抚那个地方，他不记得有任何的异常，她和一个完美的女人毫无两样。可是，昨夜的性行为都在黑暗中进行，安藤并没有亲眼看到她的身体。他忽然想起第一次和这个女人见面时感觉到的妖气，那的确是真实的。

安藤心中有许多疑问，可是他现在连呼吸都觉得辛苦，根本无法出声。在荧光灯下，山村贞子仅着短裤的躯体更显得白皙，纤细的肌肤透着一股真实感，仿佛在强调她不是幽灵。他努力思考自己现在该怎么办，最后得到一个结论——逃走！除了逃离这个地方，他实在想不出其他办法。

安藤背部紧贴着墙壁，慢慢往玄关的方向靠过去。山村贞子跟随他的动作移动视线，并没有出手阻止。他一看到门把，眼睛为之一亮，立刻跌跌撞撞地拉开门冲到外面。他身上只穿着便裤和毛衣，根本来不及拿外套就飞快地跑下楼梯，一口气冲到大马路上。抬头望见屋里的灯光自窗口流泻而出，他不禁渴望能立即置身于人群中，于是跑向车站。

7

寒冷的夜风肆无忌惮地侵袭着安藤，他背后矗立着代代木公园茂盛的树林。参宫桥车站前面充满喧哗的气氛，他自然往人群聚集的地方跑去。一到车站的售票机前，他才发现自己没有带钱包，另一个口袋里有一张驾驶执照，这是他昨天和宫下一起开车外出时，放在身上预防万一的。幸好驾照里还夹着一张五千元纸钞。这是他全身上下仅有的财产，却连商务旅馆都住不起。目前可以依赖的只有宫下，于是他先买了电车票，然后打电话给宫下。宫下果然如安藤所料，还没有回到家，因此安藤坐上电车，打算直接到鹤见去找他。

现在已经过了晚上九点，每当他闭上眼睛，脑海中就会浮现山村贞子的脸，他怎么也没想到，在这么短的时间内，自己对一个女人的感情会由热情化为灰烬。

初次见到山村贞子时，安藤只感到一股令人战栗的妖气，这份警觉在第二次见面时逐渐瓦解，取而代之的是对她的欲望，于是在第三次见面时，终于得偿夙愿。正当他心中的情意逐渐膨胀时，却又被人推落到黑暗的深渊……他竟然跟一个早在二十五年前就死亡的女人交欢，这令他难以接受，脑中甚至浮现“奸尸”这个字眼。她到底是从哪里冒出来的？是死亡记录错误，还是她真的从冥界复活了？

假日的夜晚，电车上只有寥寥几名乘客站着。安藤对面的三人座上躺着一个像是做苦工的男了，他双眼紧闭，每当有乘客经过，就把眼睛睁开一条缝注意附近的动静。安藤打量车上其他的乘客，感觉每个人的脸色都像死人一般铁青。他不禁用两手抱着肩膀，努力克制发抖的身躯和放声大叫的冲动。

安藤从宫下的手中接过白兰地，轻轻地啜饮一口，感觉喉咙流过一阵热流，又将剩下的白兰地一口气喝光。

“怎么样？感觉如何？”

“总算还活着。”

“你看起来很冷。”宫下还不知道，安藤为何在冬夜里连外套都没穿就赶过来。

“这不关天气的事。”安藤坐在宫下的书房里，角落的钢丝床就是他今晚的落脚处。他喝完第二杯白兰地才慢慢停止发抖。

“到底发生什么事了？”

安藤这才说出从昨晚到今天的经过，讲完后，他往床上一躺，十分虚弱地说：“我投降了，你能说明一下这是怎么回事吗？”

“怎么会这样？”在这种时候，人们大抵都会露出一抹苦笑。宫下就笑到全身无力，才在热咖啡里面加入白兰地，慢慢地品尝。然后他陷入沉思，想找到一个合理的答案。

“问题是……山村贞子是从哪里来的？”一听宫下说话的语气，就知道他心中有了结论。

“你快告诉我，那个女人到底是从哪里来的？”

“你不知道吗？”宫下反问道。

“不。”安藤又躺下来，摇了摇头，露出一脸快哭出来的表情。

“你真的不知道吗？”

“快点告诉我吧，那个女人究竟是从哪里来的？”

“是高野舞生出来的！”

这种说法颇令人玩味，安藤已经没有办法思考，唯一能做的就是重复宫下说的话。“高野舞生的？”

“那盘录像带是山村贞子的意念创造出来的，高野舞刚好在排卵日看到影像，于是体内的‘RING 病毒’便侵入卵子，完成受精……不，不如说是高野舞卵子内的 DNA 完全被山村贞子的遗传因子取代了。”

“你是说……你可以解释这个架构？”

“你想想看，把‘RING 病毒’放在碱基自动解析装置下分析，便会发现天花的遗传因子和人类的以一定的比率混合。”

闻言，安藤马上从床上坐起来，将空杯子递出去。“那么人类的遗传因子是……”

“是的，人类的遗传因子被山村贞子分解成数十万个零件。”

“数十万个被切成细片的‘RING病毒’，载着山村贞子的遗传因子吗？”

“‘RING病毒’具有逆转录酶，可以运送一个个切片，填进别的细胞中。”由于人类的DNA非常庞大，一个DNA病毒无法将人类DNA里的遗传信息一次运送完。可是，如果将人类的DNA切成数十万个零件，一个病毒背负着一个零件，就成了电子显微镜下无数的“RING病毒”，它们背负着山村贞子分散的遗传因子，攻击高野舞的卵子。

安藤激动地站起来又坐下去，很想提出反证。“可是，山村贞子在二十五年前就死了，到目前为止，我们并没有发现她的遗传信息。”

“问题就在这里！山村贞子为什么会用意志力拍摄出那样的录像带呢？”

山村贞子在井底面临死亡的瞬间，她究竟运用意志力拍下了什么“产物”？她对世人充满怨恨，因此故意让所有看到影像的人都死吗？但是这样做对她有什么好处？影像里面可能含有更重大的意义……安藤无法理解宫下到底想说什么。

“她还只有十九岁……”宫下慢慢地引导安藤走向解答。

“所以呢？”

“她应该不想死。”

“没错，的确太年轻了。”

“山村贞子将自己的遗传信息做成暗号，运用能量让它残留在那里。”

安藤没有回答，只是不停地叹气。贞子把自己的遗传信息化为影像，再用意志力将它注入录像带……没错，高山龙司也在DNA的碱基排列上做暗号，形成“MUTATION”这个英文单词，成功地传递讯息。可是，人类的遗传信息量非常大，不是一盘录像带就可以承载的。

“不可能，人类的遗传因子太庞大了。”安藤提出反对。宫下张开双手，依次指着房间的每一个角落。“假设现在要把这个房间里的所有东西用文字表现出来……”

这间书房大概有十六平方米，钢丝床的旁边摆着一张桌子，桌子上放着计算机，旁边还堆着几本杂志，而最难描述的是整片排满书的墙壁，上面排列着从文学到医学类的专业书籍，有数千册之多，光是登记这些书名，大概就需要一天。

“信息量的确非常大。”安藤承认。

“可是，你看这里。”宫下做出一个按下照相机快门的姿势，“使用相机拍下照片，一瞬间就结束了，而且只要一张照片，就可以把这房间里所有的讯息都表现出来。如果是连续影像，容量更大，因此，要将山村贞子的遗传因子做成暗号，并不是不可能。”

“让我想一下。”安藤摇摇头。

“你自己想一想，我去厕所。”说完，宫下打开房门，消失在走廊的另一端。

刚才宫下说的当然只是假设，不管是真是假，高野舞确实在受精后一星期就产下山村贞子。从受精到生产只有一周，这是由于某种作用促进了细胞分裂造成的。细胞核里含有很多核酸，核酸的量增加到一定程度，就不会产生细胞分裂。“RING病毒”不知以何种方式解决这个难题，让胎儿急速成长。

安藤记起初次拜访高野舞的房间时，尽管里面没有人，却存在着生物的气息，现在想起来，他的感觉并没有错。那时，刚生下来的山村贞子躲在高野舞的房间里，也许她很小，所以很容易就躲藏起来，安藤小腿上的触觉很可能是山村贞子的手在摸他。她占据了高野舞的房间，不和外界接触，直到长大成人，而这段时间只需要一个星期。当安藤第二次前往高野舞的住处时，山村贞子已经变成一个成熟的女人。安藤反复推敲这些情节，试图在山村贞子诞生与成长的过程中找出一个与自己的体验并不矛盾的解释。

接下来，山村贞子一个星期就长成大人，如果以后也以同样的速度继续成长，她的寿命只有数星期而已。山村贞子是在去年十一月上旬复活，如今已经过了十个星期，尽管如此，她依旧保持着十九岁的年轻皮肤。难道在她到达死亡的年龄时，成长速度就会停止吗？

宫下甩着湿湿的手回来，立刻开口说：“还有一件事不能忘记，天花病毒已经达成重要任务。”

“嗯，天花病毒和山村贞子有很密切的合作关系。”山村贞子在临死前，从长尾城太郎那里感染了天花病毒，病毒在井底慢慢地成长，达到成熟的状态。这两个非自愿死亡的“生物”都拥有复活的愿望。

“听说浅川顺一郎即将出版《铃》，是真的吗？”

“没错，S书房的小册子上刊载了出书预告。”

“原来如此。山村贞子和天花病毒合作产生录像带，如今编织好的线索被人解开，达成进化的目的，接着这两条线准备回复原来的样子，一条是山村贞子，另一条就是《铃》！”

关于这一点，安藤没有异议。几乎只有遗传信息能徘徊在生命和非生命的界线上，还会因外界环境改变本身的形态，如同由“录像带”转换成“书”的形态，没什么值得惊讶的。

“浅川和行这样才存活下来吗？”

谜题终于解开了。“出口”共有两个，一个是山村贞子，另一个是《铃》这份报告书，因此高野舞和浅川和行才能免于冠状动脉阻塞的威胁，担负起“生产”的角色。既然侵入高野舞体内的“RING病毒”往子宫前进，那么侵入浅川和行体内的“RING病毒”就是去攻击脑子了，也就是说，真正写出《铃》这份报告书的人不是浅川和行，而是在背后操纵他的山村贞子的DNA，因此，书中的景物和内容情节才会像摄像机拍下来的一般，丝毫不差，只有山村贞子的人物描写失真。

安藤和宫下沉默了许久，预测今后山村贞子和《铃》一书会给人类带来什么影响。浅川顺一郎不了解这本书一旦出版，将给人类造成多大的灾难。首要任务就是不顾一切地阻止《铃》出版。

“走吧！”宫下用力拍了一下膝盖，站起来。

“要去哪里？”

“当然是回你的住处。”

“不是告诉过你，山村贞子在我的房间里吗？”

“这样才要去，我们去和她对抗。”

“等一等！”安藤顿时有些犹豫。他好不容易才从山村贞子那里逃出来，不会这么轻易就回去。

“没有时间再犹豫了。嘿！你还不明白吗？我们完全被卷进里面了。”宫下把手伸到安藤的腋下，强硬地把他拉起来，“赶快，现在可能是我们最后的机会。”

“最后的机会？”

“是山村贞子自己到你的房间去的，不是吗？”

“是啊！”

“她可能是为了什么原因才去的。”

“什么原因？”

“我怎么会知道，她可能对你有所要求吧。”

安藤想到他和山村贞子第二次见面时，她说了一句话：“下次再去拜访你。”他一面被宫下拖出书房，一面想着山村贞子到底要他做什么事。

8

宫下在代代木公园旁边停妥车子，和安藤走过人行道，抬头看着安藤的房间，里面一片漆黑。距离安藤慌忙逃走已经过了三个小时，现在是凌晨一点钟。

“喂，那家伙真的在吗？”宫下压低声音问道。

“可能在睡觉吧。”

“死而复活的魔鬼需要睡眠吗？”宫下的话中带着挖苦的意味。他们两人站在杳无人迹的人行道上，仰望了四楼的窗户好一会儿。

“走吧！”宫下做了个深呼吸，鼓起勇气率先走去，安藤一语不发地紧跟其后。不久，安藤在宫下的催促下，终于下定决心转动门把。门内的挂锁竟然没有锁上，门一下子就开了。玄关上的便鞋已经不见了，山村贞子带在身边的手提包也失去了踪影。先前安藤跑出房间时，还注意到那个手提包放在玄关前。

安藤先走进去打开电灯，看见房间里没有半个人影，顿时全身无力地坐在床上，宫下仍然机敏地走到浴室和阳台搜寻。

“她好像不在了。”宫下四处看过之后，说道。

“她到底去哪里了？”安藤自言自语。其实山村贞子去哪里都无所谓，最好以后都别再和他有瓜葛。

“没有其他线索了吗？”

“没有。”安藤摇摇头，突然瞥见窗边的桌子上放着一本敞开的笔记本，安藤记得并没有打开它。他立刻走上前去翻开，上面写着一些杂乱的文字，署名要给安藤，文末还签着“山村贞子”的名字。他默念了第一行，把笔记本推给宫下看。

“什么事？”

“山村贞子留下来的。”

“哦。”

宫下接过笔记本，大声念道：

安藤先生：

不想再惊吓你，因此使用“留言”这种古老的方法，请你冷静地看下去。

你大概已经察觉到我是从什么地方来的，我的确是借用高野舞的肚子回到这个世界，我自己也曾经为了这种复活方式仓皇失措。

当年我去南箱根疗养院探望父亲时，身为医学院副教授的父亲曾对我讲述有关遗传因子的事情，所以我对遗传因子方面的知识多少有些了解，也因此产生了梦想，在临死前运用意志力，将我的遗传因子信息印在某些东西上面。

现在回想起来，我确实曾在死亡的瞬间，运用意志力将自己的遗传因子以某种形式保留下来，因为比起死亡带来的痛苦，将山村贞子的遗传信息丢弃在无人知晓的古井里更令我觉得厌恶。至于结果如何？身为专家的你，对我身上发生的事情应该会有高明的解释。

我死在古井底的心情转移到某位女性腹中慢慢成长，等到拥有个人意识时，我赫然发现映在镜中的竟然不是自己的脸！起初，我也不知道发生了什么事情，搞不清为什么脸和身体都不是原来的我，反而变成另一个女人，我只保留了原来的想法和意识。

我惊讶地看着窗外陌生的街道、电车、水泥建筑物、电器用品等，看见房间里的日历，才恍然大悟已经过了将近二十五年，我潜入其他女性的肉体中，而被我夺走肉体的人就是高野舞。

高野舞怀了我以后，并没有产生我的意识。随着身体日益成长，我的意识才慢慢地清晰起来。就在生产之前，我成功地夺取了高野舞的子宫，完全控制她的肉体。我同时拥有母体和胎儿双方的感觉，一旦我用小手去碰触输卵管的皱褶，高野舞的手同时也会有那种柔软的感觉。

越接近生产期，有件事情越让我难以释怀：生下我后，高野舞的身体会怎么样？她的灵魂会再回到自己的身上，重新恢复原来的人格吗？我怎么想都觉得不太可能，就好像毛毛虫变成蝴蝶之后留下蛹，而蛹不能继续存活下去一般，高野舞早就被夺去灵魂而死亡。既然如此，那么我应该在哪里出生呢？

如果在高野舞的房间出生，不久之后她的身体就会腐烂。虽然我从胎儿长至成人不需要很长的时间，但是为了确保生活环境的品质，我不能在这儿生产。我看上了她对面的一栋旧大楼的楼顶。我可以在那里出生，再将高野舞的外壳留在排气沟里，这样附近的人不会注意到，而我也可以自由地使用高野舞的房间。

接近临盆的时候，我已经做好万全准备。在一个深夜里，我爬上那栋大楼的楼顶，然后把绳索绑在铁网上面，下降到排气沟里。途中我因为滑倒而扭伤脚踝，幸好对母体没有影响。就这样，我又重新回到这个世界。

我从子宫口爬出来之后，用嘴巴和手把脐带弄断，然后用准备好的湿毛巾擦拭身体。完成所有程序之后，太阳还没升上来。我往上一看，忽然警觉到我之前死亡的地方，竟然和这个排气沟如此相像，这好像是神刻意安排的仪式。我以自己的力量从洞底爬出来，不这样做的话，就无法适应这个世界。排气沟边缘垂下一条绳索，我沿着绳索从洞穴中爬出来，这时，东边的天空渐渐亮起，沉寂的街道苏醒了，我深深地吸一口气，感受再生的感觉。

在这之后的一星期内，我顺利成长到死去时的年龄，最不可思议的是，我完全保留了再生之前的记忆，包括我在伊豆大岛差木地出生、母亲被当成超心理学的试验对象、四处迁移的漂泊生活，以及父亲晚年在疗养院生活的情形……我全都记得！这到底是怎么回事？难道记忆不储存在大脑中，而聚集在遗传因子里吗？

还有一件事情很奇怪，我感觉现在的身体和以前不同，好像同时具有子宫和睾丸。以前我并没有子宫，可是复活之后，居然同时具有这两种器官，我的男性器官甚至还可以射精，这一点在和你的接触中得到了证实。

这时，宫下抬起头来看看安藤的脸色。安藤为了回避，不停地催促他继续念下去。

可是，宫下被文中提到的事情吸引住了。“具有两个性器官？如果那个女人……不，不能再叫女人，那家伙没有性行为就可以生育的话，可真是天下奇闻啊。”

低等动物中，有很多不需要雌雄结合就可以孕育生命，例如蚯蚓同时具有雌雄器官，单细胞生物的细胞分裂也是无性生殖的一种。没有经过男女之间的性行为而生下来的小孩，会和父母具有相同的遗传因子。也就是说，山村贞子会生下山村贞子，这种情形有可能发生吗？

“如果是那样……”安藤不安地望着天花板，“我们已经不能把山村贞子当作人类，她是一种由于突变而产生的新物种，我们亲眼目睹了进化的过程。”

安藤知道未来的发展情况，那决定于山村贞子这个新物种要如何安定下来。突变产生的新物种，还必须选择其他个体进行繁殖。例如，在数千头白羊中，只产下一头黑羊，那头黑羊除了和白羊交配之外别无选择，而生下来的小羊也会变成白色或灰色，“黑色”的特征将逐渐消失。若没有两头雌、雄的“黑羊”，就不会将“黑色”的特征延续到下一代。以山村贞子的情况而言，这个难题已经解决了。她可以用无性生殖的方式来繁衍下一代，将“山村贞子”的特征延续下去。

可是，以一个山村贞子生出一个山村贞子的方式来看，增加的速度十分缓慢，和录像带的拷贝方式一样。在繁衍的期间，“山村贞子”恐怕会被人类全部歼灭。现在录像带那条线已经被消灭了，山村贞子为了将数量稳定下来，必须朝多方面繁殖，以确保自己生存的空间。

宫下继续往下念，打断了安藤的思考。

到目前为止，我说的都是真的。我将自身发生的突变情形，老实地向你说明。让你了解我的情形之后，我想请你帮个忙。找到你，是因为我相信你是专家。

这真是太抬举我了。安藤本能地抱着身体，缩成一团。他一想到山村贞子需要自己“帮忙”，就觉得十分不安。

首先，请你不要阻止《铃》的出版。除此之外，请你不要打扰我即将做的事情，并且进一步协助我。

你能够答应我的请求吗？我没有半点胁迫的意思，可是你如果阻止我，你将会遭遇不幸。因为你已经读了《铃》的内容，一旦反抗我，你的身体就会产生突变。勇敢的你可能早已对死亡有了心理准备，但是，只要你肯听从我的请求，我一定会给你奖励，绝对不会让你白白付出的，你觉得如何？

我可以替你完成你最渴望的事情，那就是……

宫下念到这里便停了下来，把笔记本递给安藤。安藤呆呆地看着笔记本上的内容，任由它掉落到地上。他的大脑中顿时一片空白，身体虚弱无力，完全想不到山村贞子会提出这种条件。宫下似乎察觉到他的心事，沉默不语。

安藤无力地闭上眼睛，感觉理智与私情正在撕扯着自己的良心。山村贞子对安藤威逼利诱,试图让他站在新物种这边,成为“她们”的同伴，并且依照指示行动。如果无法得到人类的协助，“山村贞子”这种新物种将无法存活在世上。

就像促成《铃》一书出版的浅川顺一郎，如果答应要求，安藤便会成为山村贞子的下线,失去本身的意识,被山村贞子控制住。然而，出卖灵魂的代价是那么甜美，那是安藤多次在梦中祈求神明，永远无法实现的梦想啊！这种事有可能发生吗？在医学上来说很有可能,如果能借助山村贞子的力量,或许可以实现这个梦想。但即使这样……安藤不禁发出苦闷的呻吟声。

如果现在不阻止山村贞子，人类将遭遇怎样的厄运呢？身为人类的一员，我能做出这种反叛行为吗？一旦阻止山村贞子，唯一的下场就是死亡，而且将她的肉体消灭了，我长久以来的梦想将会破灭……让她的肉体保持健康，我的梦想才有可能实现。

安藤的呻吟声慢慢转变成呜咽,他趴在床上不停地颤抖。“喂，宫下，我该怎么办？”

“那是你的问题。”宫下的声音异常沉着冷静。

“我不知道该怎么做。”

“你想想看，如果阻止山村贞子的行动，我和你就会被杀，那个女人会再找别人协助她。”

或许事实真如宫下所说，安藤和山村贞子的相遇并非偶然，而是她预知安藤会嗅出事情的真相，先下手为强。安藤和宫下绝不可能逃出山村贞子的手掌心，只要她得知他们有异常的举动，潜伏在他们体内的“RING病毒”就会立刻爆发。

“你要协助那个女人吗？”

“没有其他方法了。”

“那人类怎么办？”

“喂、喂，你不要摆出一副救世主的面孔，她不是对你提出一个奖赏吗？你不要失去这个大好机会。”

“这不公平啊，你又没有得到任何东西。”

“至少我有‘免死金牌’。”

安藤想到自己可能在几十年后成为历史罪人，被贴上“背叛者”的标签。但是，这个假设必须存在于人类不会被消灭的前提下，人类一旦灭亡，历史也就不存在了。

为什么我会走到这个地步？他在后悔的同时，开始回想事情的开端。这整件事情是从解剖龙司开始的，当时龙司的腹中露出一截报纸，安藤由此解出“RING”这个暗号，得知《铃》这份报告书的存在，进而读了它……

要是我没有看的话，就不会被卷入其中……等一等，事情好像有些奇怪。他喃喃念着龙司的名字，宫下不禁诧异地看着他。

在这一连串的偶然背后，似乎隐藏着一个阴谋。龙司真是好意地将“RING”和“MUTATION”这两个暗号送出来的吗？为什么他要这么做？高野舞为什么去看那盘录像带？如果她不是刚好在排卵日看了录像带，山村贞子就不会出生……高野舞是在龙司的房间里拿到录像带的，而那篇论文真的有缺页吗？这一点只有龙司知道。整件事情都和龙司有关。龙司与高野舞交往甚密，知道她的经期也不奇怪。高野舞那天就好像被龙司引导……怎么会这样呢？

安藤沙哑地喊道："是龙司……"

宫下不知安藤为何突然说出这句话，眯起眼睛看着他。

"你不知道吗？是龙司！龙司躲在山村贞子的背后操纵一切。"

窗外传来一阵低沉的声响，来往的车流发出沉重刺耳的声音，转瞬间，又变成男人高亢的笑声，好像是龙司从遥远的地底发出恐怖的声音。安藤不禁对着空气大喊："龙司，你在那里吗？"

龙司和山村贞子勾结，热衷于狩猎人类的游戏，他现在就潜伏在这个房子里观察我们的动静，嘲笑我们……

安藤忽然领悟到龙司的期望是什么，如果他没有帮助龙司，龙司不可能得手。然而，现在已经没有解决的方法，一切都太迟了……他只剩下配合龙司和山村贞子的计划这一条路可走。

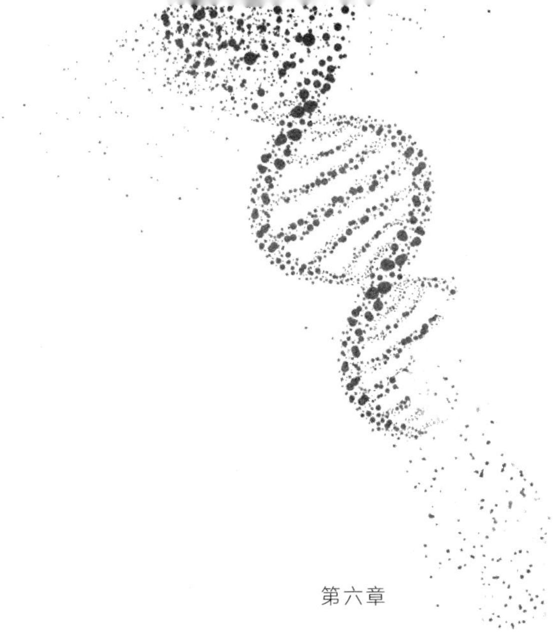

第六章

CHAPTER 06

复活

今天是梅雨季节中难得的好天气，安藤去看海。

儿子在两年前的这一天在这个海边溺死了，安藤因此十分厌恶这片淹死爱子的大海，去年都没有来。不过，他今年有一个必须来的理由。

海边和两年前不太一样，有几个人正在白色沙滩上垂钓。离夏天还早，没有人下海游泳，只有两三家人在地上铺上垫子，准备享受野餐的乐趣。

安藤坐在堤坝上回想两年前发生事故当天的种种情景，他用手挡着艳阳强烈的光芒，凝视着正在沙滩上玩耍的小人儿。小人儿正赤裸着双脚，在沙滩上玩挖洞和堆积沙土的游戏。每当有波浪冲过来，小人儿总会受惊，离水远远的。

这时，安藤听到一个呼唤声，他原以为是风声，一抬起头，却看到堤坝上有个男人正慢慢走过来。男人穿着长条纹的长袖衬衫，连第一个扣子都扣得紧紧的，四方形的脸上冒出涔涔汗水，胸部和手臂之间隆起鼓鼓的肌肉，短短的脖子上有两三层皱纹，看起来有些紧绷。安藤曾经见过这张脸，最后看见他，是去年十月在监察医务院的时候。

男人手上拿着便利店的塑料袋，坐在安藤身边。“喂，好久不见了。”

安藤不理会这个男人，依旧将视线投向在沙滩上玩耍的小孩儿。

“你不和我说去哪里，就不见了，真过分啊。”男人说完，从塑料袋中拿出一罐冰乌龙茶，仰头一饮而尽。然后，他又从袋中拿出一罐冰乌龙茶递给安藤。“要喝吗？”

安藤一语不发地接过来，看也不看男人一眼就直接打开。

“你怎么知道我在这里？”安藤语气沉稳地问。

“我问了宫下，他说今天是你儿子的祭日，我可以猜到你在哪里、在想些什么。”男人笑了笑。

“你有何贵干？”安藤大声吼道。

“我是先坐电车，再换汽车到这里来的，你看到我来应该很高兴才对。”

“不可能！”

“真是个无情的家伙。”男人一边笑，一边说道。

“无情？亏你说得出来！到底是因为谁才会弄到今天这个地步？”

“我当然得感谢你，因为你没让我失望，为我做了件好事。”

安藤深深觉得自己被这个男人玩弄着。在学生时代，他怎么也解不开这个男人出的暗号，自己的暗号却一下子就被他解读了。那时候，安藤很羡慕他的本领，但是现在不同了，他只觉得自己被利用了。

我竟然亲手“生”出这个男人！安藤恨恨地注视着龙司的侧脸，

如果可以，他真想瞧瞧龙司的脑部构造，了解他到底在想些什么。安藤在去年十月曾经用指头碰过龙司的大脑。如果那一天他没有在监察医务室解剖高山龙司的遗体，就不会被牵扯进去了。

“对你来说，这样也比较好。”龙司像在施恩似的对安藤说道。

“是吗？”安藤一直不知道自己这么做，究竟是对还是不对。

这时，波浪又袭向海滩，沙滩上的小人儿站起来向安藤招手，他一边踢着沙子，一边走过来。“爸爸，我喉咙好干。”

安藤马上将龙司给的乌龙茶拿给儿子喝。他怜惜地看着儿子张开嘴巴、灌下乌龙茶的可爱模样，和满头大汗的龙司比起来，从三岁半儿子的额头滴下来的汗珠就像水晶似的。

“喂，‘伙伴’，再喝一瓶吧。”龙司说完，在塑料袋里摸索。安藤很不喜欢龙司称呼儿子为“伙伴”，对他们两人是从同一个子宫生出来这件事，更觉得厌恶。

小人儿将乌龙茶放在额前，向安藤问道：“我可以喝这个吗？”

“啊，可以的。”安藤看儿子兴高采烈地拿着罐子跑回沙滩，不禁对着儿子的背影喊道：“孝则。”

孝则回过头来大声应道：“什么事？”

“不要又跑到大海里了。”

孝则笑着说声“知道了”，然后便转身跑开。

他现在还是很怕水，应该不会再跑到海里面了。虽然安藤这么想，但心头终究留着一份牵挂。

“真是个可爱的小孩。”

不用龙司说，安藤也知道儿子长得很可爱，他是个宝物、曾经失落的宝物……为了挽回这个宝物，安藤做了一件背叛人类的事情，至今良心仍然不安。

他答应成为山村贞子的协助者，得到的奖赏便是让两年前溺死的儿子复活。半年前，他在公寓里收到一张山村贞子写的留言，和宫下一起看了。两人起初都不相信世上会有这种荒唐的事情。但是，他们不久便接受了人类“复活”的可能性，最重要的证据便是他们亲眼看到了山村贞子复活的事实。况且，安藤将儿子的毛发妥善地保存在书柜里，可以从里面分析出他的遗传信息，进行“复活”的工程。

以科学的眼光来看，这并不是一件困难的事情，不过前提是必须具有山村贞子这种拥有特异功能的母体。首先，在雌雄同体的山村贞子的子宫内，让精子和卵子受精，接着取出这个受精卵，并从孝则的毛发细胞中取出细胞核，与受精卵的核交换，再将受精卵放回山村贞子的子宫内，接下来就是等待生产。胎儿大约会在一星期后从山村贞子的子宫爬出来，再花一个星期的时间成长到死亡时的年龄，并且拥有过去所有的记忆。安藤并不觉得眼前的儿子和以前有什么不一样，儿子说话的方式和习惯都和以前完全相同，连和双亲之间的微妙联系也都能重新找回来。

山村贞子将孝则还给安藤后，再次提出一个要求——希望用相同的方法让龙司复活。这是安藤预料中的事情，山村贞子让孝则复活，并不是一种奖励，而是她的一个预备动作罢了。龙司故意将暗号插入病毒里，也是为了达到复活的愿望。最后，他果真达成愿望，而且正坐在安藤的身旁，成为山村贞子最强有力的伙伴。

安藤将龙司的DNA和受精卵的DNA交换完毕后，就将剩下的事情托付给宫下和山村贞子，带着儿子不告而别。安藤判断龙司诞生下来时，也就是自己完成任务的时刻，只要有龙司在，贞子就不需要他了，她最大的心愿就是得到龙司这样可以信赖的伙伴。安藤猜想他们大概是在交换DNA时成为伙伴的，而且互相肯定对方的存在价值，如果能互相帮忙，就可以得到彼此期望获得的利益。

安藤现在已经将这些抛诸脑后，他最关心的是如何将儿子抚养大。他两个月前辞去K大学的职务，到处去观赏日本的风景，居无定所，尽量远离龙司和山村贞子。

龙司摸着口袋，拿出一个小玻璃瓶。“你看。”他将小玻璃瓶拿到安藤眼前摇晃。

“这是什么？”

“是用病毒制成的疫苗。”

安藤接过小玻璃瓶，仔细观察着瓶内的疫苗。他和宫下都接受了血液检查，诊断结果是阳性。果然，在看过《铃》之后，“RING病毒”马上侵入他们的体内，不知何时会爆发出来。

“有了这个，就不用再担心病毒了。”

“你是为了给我这个，才特地来这里的吗？”

“什么？偶尔来看看海也不错啊。”龙司有些狡猾地笑着。

“你能不能告诉我，这个世界未来会变成什么样子？”安藤把疫苗放进口袋里。

“不知道。”龙司直截了当地回答。

“你应该没有不知道的事情吧，你和山村贞子成为伙伴，不是要为生物界重新设计蓝图吗？”

“我只知道最近的发展如何，更往后，我就不太清楚了。”

“那你能不能告诉我最近的发展？”

“《铃》的出版量将超过百万册。”

“百万册？”安藤已经从新闻和广告中对这个事实有了一些了解。他看到报纸上印着“再版”之类的字眼，马上想到“繁殖”。《铃》在短时间内完成繁殖，遭受病毒侵入的人数将突破百万。

“还要拍成电影。”

“拍成电影？”

“是的，女主角‘山村贞子’这个角色要举行招考，决定饰演者。”

“招考？”安藤一直重复着龙司的话。

龙司突然大笑起来，问道：“你知道谁会得到‘山村贞子’这个角色吗？”

安藤不太了解演艺圈的事，当然不知道。龙司弯着身子，笑得前仰后合。“真是个笨家伙，这个人你也很熟。”

“是山村贞子吗？”安藤一说出这个名字，才察觉到事情的严重性。山村贞子的志愿就是成为一名女演员，高中一毕业就加入剧团，积累了不少演戏的经验，因此可以很轻松地得到这个角色。她拥有超能力，更容易抓住评审的心……

她出演山村贞子这个角色，不就是在演她自己吗？安藤马上联想到山村贞子这么做的真正用意，她要使曾经灭绝的录像带大量复活，因为录像带中有她的遗传信息。不知道电影上映时，会造成一股多大的热潮，但应该会有许多女观众到电影院观赏。一旦其中有正值排卵期的女人，很可能会遭遇和高野舞同样的命运。在一个星期后，她们都会生出另一个山村贞子，而且会像蛹一般地死去。接着，这部电影会被制作成录像带，放在店里。当它在电视里播放出影像的时候，影像就会侵入人体内，产生爆发性的繁殖,生出更多的山村贞子。而且山村贞子自己也可以再生出小孩。

“这样一来，传播媒体就和山村贞子结合在一起了？”

龙司只是笑而不语。

“如果再早一点发现，就可以把那部电影毁掉。”

不仅是电影，连出版的书也该回收、烧掉才行！

“没有用的，已经有上百万人感染病毒，即使消灭了《铃》，还是会使感染‘RING 病毒’的人产生突变……病毒从录像带转变成书本的形态，也可能侵入音乐、电脑网络、电脑游戏软件，然后将那些新变种的病毒和山村贞子交配，就会产生新病毒。排卵期的女子接触这些，就会生出新的山村贞子。”

安藤把手放在胸前的口袋上，看看病毒疫苗是不是还在里面，这个疫苗只对旧的“RING 病毒”有效，无法对抗新变种。他无法想象生物界未来会面临怎样的一场大革命，人类往往到最后才收拾残局，说不定山村贞子的新变种会慢慢夺取这个世界，导致人类灭亡。

“你就这样漠不关心吗？”安藤无法坐视不管，任由山村贞子控制人类的存亡，他更无法理解龙司的心态。

“你以人类的观点来看待事物，但我不一样，这就像是一个人死了，而一个山村贞子诞生，一加一减就等于零，没有什么问题呀。”

“我还是不了解你的想法。”

龙司脸上布满汗水，往安藤这边靠过来。

“喂，不要在那里啰啰唆唆的，你是我们这边的人。”

“那样做有什么好处？”

“物种只要能介入生物进化的过程，自然有其生命价值。”

“进化？这是进化吗？”将各式各样的DNA，统一收编为山村贞子的一种DNA，这种情况也能称为“进化”吗？安藤仔细一想，又出现一个漏洞。人们的DNA是多样性的，因此不会出现所有人类遭受同一种病毒感染致死的情况。即使地球被冰河覆盖，或许爱斯基摩人也可以继续生存。可是，没有多样性DNA的单一物种，只要有一点点感染，就可能遭遇全族灭亡的命运。如果山村贞子的免疫系统有缺陷，这个缺陷将会被全部的山村贞子继承，只要一个小感冒就可能对她们造成严重的打击。只能慢慢等待“山村贞子一族”就这样结束，否则人类没有其他的路好走。

“你知道生物为什么进化吗？”

对于龙司的问题，安藤只是默默地摇摇头。

龙司很有自信地说：“就以眼睛为例，人类的眼睛恐怕是最复杂的构造。一个偶然的变化，使皮肤的一部分变成角膜或瞳孔，眼球的视神经延伸到脑部，但并不代表这样就能看得到东西。并不是具备眼睛的构造，就看得见东西，在此之前，如果生命体本身没有‘想看’的意识，就无法形成那样复杂的结构。这种说法可能会招致其他学者和教授的耻笑，受到唾弃。

“你能想象没有眼睛的生物的世界吗？对于在地底爬行的蚯蚓，身体在黑暗中接触到的东西就是全部的世界。而对于在海里漂流的水母、海星来说，攀附在岩石上的触感和海水的流动，就是它全部的世界。像这种生命体，可以产生‘看’的概念吗？这和没有办法看到宇宙边际的意义相同。

“可是，地球上的生命体在进化过程中获得‘看’的概念，于是从海中爬到陆地上，然后飞到天空中，最后终于将文明掌握在手里。

“猩猩认识香蕉，可是它对‘文明’没有概念。即使它完全不具有‘文明’的认知，但是那种想得手的意念会不断涌现出来，只是我也不知道这些意念到底从何而来。”

“哦，你也有不知道的事情。”安藤带着挖苦的口吻说道。

“所以，你听清楚了，如果人类真的在山村贞子的手中灭绝，那也是人类的意志力的弱点造成的。”

“有这种希望自己灭亡的生物族群吗？”

“人在无意识中，不是都有那种期望吗？只要统一成一个 DNA 的话，就没有个体上的差异，都是相同体形，没有美丑和能力的差别，也没有对爱的执着，不要说是战争，甚至连争吵都没有，这是个绝对和平的世界，超越了生与死的观念，‘死亡’不再是令人恐惧的事情。你们不都是这样期望的吗？”龙司贴近安藤的耳朵，轻声地说。

安藤一直盯着沙滩上的孝则，孝则正把沙子装进空罐子里。

“我不一样！”安藤现在可以很有自信地说，孝则的存在绝对是与众不同的。

“哈哈……嗯，好了。”龙司站起来。

“你要走了吗？”

“时间差不多了。对了，你今后要怎么办？”

“想找个无人岛，父子俩一起生活，现在也只能如此了。”

“嗯，这很像你的作风。我要一直看着人类走到最后一步，说不定到时候会出现一种超越人类智慧的意志力，我一定不会错过那一刻。”

“好好保重，替我向宫下打声招呼。”

安藤的喊声让龙司停下脚步。

“最后还有一件事……我告诉你人类为什么会进步，那就是因为人类可以忍受任何事情，唯独无法忍受寂寞。动物的出发点就在这里，为了逃避寂寞，因此不得不进步，如果单一的DNA交配，可能会非常无聊，还是会有人希望有个别差异。对了，你在无人岛的生活会很无聊哦。”说完，龙司挥挥手便离开了。

安藤脱下衬衫和长裤，穿着短裤走向孝则。他握住孝则的手，轻声说道：“我们走吧。”

从现在起，安藤打算不停地对孝则说出要将他牢牢握住的诺言。在这个两年前发生事故的海滩上，他实实在在地握住儿子的手，紧紧地握住两年前的遗憾。

山村贞子在大楼屋顶的排气沟底重生的时候，她以为自己只要能从沟底爬上来，就可以适应这个新世界。但安藤觉得不必让孝则重新经历两年前的噩梦。孝则现在仍然怕水，如果不能克服这一点，恐怕会造成日常生活上的不便。

父子俩走在濡湿的沙滩上，让海水冲刷赤裸的双脚。安藤更用力地握住孝则的手。

“爸爸，这是约定哦。”孝则再次提醒道。

“啊，一定。”

安藤的前妻还不知道孝则复活的事情，因此他向孝则承诺，一旦他克服了对海的恐惧，就带他去见妈妈。一想到妻子和孝则相会的场面，安藤就觉得很兴奋。

我必须先想一个合理的理由才行，例如孝则在溺水后被渔船救起来，在这两年间失去了记忆……嗯，这个故事应该可以。至于夫妇俩是否会复合，那倒是其次的问题，因为安藤还没有足够的信心说服妻子。

这时，一个巨大的波浪迎面扑来，孝则跟着浮上来，发出惊慌的喊叫声。安藤赶紧抱起孝则，往岸边走去。他确实感受到了孝则的体温，那也是他在这个即将崩溃的世界里真实感受到的唯一的生命跃动。

图书在版编目（CIP）数据

环界．2，螺旋／〔日〕铃木光司著；许木兰译．
－海口：南海出版公司，2017.1（2025.10 重印）
ISBN 978-7-5442-8497-4

Ⅰ．①环…　Ⅱ．①铃…②许…　Ⅲ．①科学幻想小说－
日本－现代　Ⅳ．①I313.45

中国版本图书馆 CIP 数据核字（2016）第 207360 号

著作权合同登记号　图字：30－2016－123

环界 .2，螺旋
〔日〕铃木光司 著
许木兰 译

出　　版　南海出版公司　（0898）66568511
　　　　　海口市海秀中路 51 号星华大厦五楼　邮编 570206
发　　行　新经典发行有限公司
　　　　　电话（010）68423599　邮箱 editor@readinglife.com
经　　销　新华书店

责任编辑　翟明明
特邀编辑　褚方叶　贺　静
装帧设计　韩　笑
内文制作　王春雪

印　　刷　山东京沪印刷科技有限公司
开　　本　850 毫米 ×1168 毫米　1/32
印　　张　8
字　　数　164 千
版　　次　2017 年 1 月第 1 版
印　　次　2025 年 10 月第 7 次印刷
书　　号　ISBN 978-7-5442-8497-4
定　　价　39.00 元